VORKRIEGSJUGEND

JAN OFF

VORKRIEGS-JUGEND

200 Gramm Punkrock • VENTIL

»Es ist schon spät und alles, alles ist gesagt
alle Geschichten sind erzählt

Sicher werden wir uns noch mal wiederseh'n
genau wie es gestern schon geschah

Dann werden wir erzähl'n
bis tief in die Nacht
von Abenteuern und Herzen, die man brach

Doch wir kennen uns so gut
und wir wissen genau
nichts von alledem ist wahr«

EA80

»Jung kaputt spart Altersheime«

Bärchen und die Milchbubis

www.jan-off.org

5. Auflage 2010
ISBN 978-3-930559-88-6

Lektorat: Stefan Heuer
Layout/Satz: Oliver Schmitt
Umschlag unter Verwendung eines Fotos
von Abo Alsleben, Freiherr von S.U.F.F.
Druck: Gemi s.r.o., Prag

Ventil Verlag
Augustinerstraße 18, 55116 Mainz
www.ventil-verlag.de

Für Shandy und all die anderen BS-Bunken,
WF-Verrückten und Karlsquellkids, denen zu begegnen
ich jemals die Ehre hatte.

Zum Geleit

»Die 80er wollten kalt sein, die 90er waren es.«
Philipp Schiemann

Sommer 2001. Ich sitze in der Straßenbahn Richtung Hauptbahnhof und sinniere über den eklatanten Unterschied im Groupieaufkommen zwischen Musikern und Schriftschaffenden, als ein Punk und ein Oi-Skin zusteigen. Dem Punk, der – nicht zuletzt dank zahlloser Schwären, Scharten und Eiterbeulen – ausgesucht ranzig daherkommt, fehlt ein großer Teil des linken Hosenbeins, dafür ist der entsprechende Unterschenkel mit einer ehemals weißen Binde umwickelt.

»Hier Alter, riech mal!« fordert der offenkundig Versehrte seinen Begleiter auf, kaum daß die beiden mir gegenüber Platz genommen haben, und hat auch schon damit begonnen, sich die schmutzstarrende Stoffbahn vom bleichen Beinfleisch zu schälen.

»Hoaa, fies!« kommt es aufrichtig begeistert zurück.

Ein Befund, für den sich der Glatzkopf noch nicht mal nach vorn beugen muß. Der pestilenzartige Gestank hat sich längst im gesamten Wagen verbreitet.

Nachdem die Wunde, in der sich wahrscheinlich schon die ersten Maden tummeln, den Blicken der Öffentlichkeit wieder entzogen ist, wendet sich das Gespräch den zahllosen Tätowierungen zu, die die sichtbaren Körperteile des Punks bedecken. Besonders eine Reihe von Zahlen und/oder Buchstaben, die auf keinen Fall von einem Profi stammen können, hat das Interesse des Oi-Skins geweckt.

»Hähä«, freut sich der stolze Besitzer des Schandmals. »Das is' die Nummer, die mir die Bullen bei meiner letzten Verhaftung gegeben haben. Hab' ich mir vor drei Tagen von Kopfschuß stechen lassen.«

Im Hauptbahnhof sehe ich die beiden Anwärter auf einen vorderen Platz bei den Weltfestspielen der Filzlauszüchter noch einmal. Ein lautstarkes »Hier – marschiert – der asoziale Widerstand!« auf den Lippen, humpeln sie an verstörten DB-Kunden vorbei durch die Vorhalle.

Ein Anblick, der mir den Tag aus gleich zweierlei Gründen verleidet. Zum einen habe ich mir schon vor Jahren, kaum daß ich beschlossen hatte, daß meine Ohren in diesem Leben auch noch etwas anderes zu hören bekommen sollten als ausschließlich Punkrock, nichts sehnlicher gewünscht, als daß die »Punkbewegung« diesen meinen Entschluß zur Kenntnis nehmen und alsbald in die Grube fahren möge. Wenn ich heute Punkrocker sehe oder erfahren muß, daß Bands, deren Platten ich bereits Anfang der Achtziger erworben habe, immer noch (oder wieder) auf Tour gehen, fühle ich mich allzusehr an diese bizarren, mit Creepers und Schmalztolle ausstaffierten Gecken erinnert, die sich einstmals Teds nannten. Die nämlich fuhren ebenfalls auf die Musik *ihrer Väter* ab, was mir bereits mit dreizehn so unanständig vorkam wie eine Mitgliedschaft im CVJM.

Zum anderen hat mir die trostlose Parade durch den Bahnhof einmal mehr vor Augen geführt, daß viele der real existierenden Punkrocker (Obacht! Ich rede hier von Punks, die auch so aussehen, nicht von diesen Kurze-Hose-Holzgewehr-Pennälern, die jedem Fähnleinführer Schreie des Entzückens zu entlocken vermögen), daß also viele derjenigen, die auch heute noch vor Supermärkten und U-Bahn-Eingängen ihr Sprüchlein aufsagen, ein paar der mittlerweile über zwanzig Jahre alten Parolen deutlich zu ernst genommen haben. Die Aufschrift »No Future« auf der Jacke zu tragen bedeutete 1983 nicht *zwangsläufig*, drogensüchtig zu werden und auf der Straße zu leben.

Heute scheint das anders zu sein, was sicher auch der gesamt - gesellschaftlichen Situation geschuldet ist. Wer sich in einem Dorf in der sächsischen Schweiz oder einem Vorort von Kiel entschließt, seine Haare fürderhin in der Tradition der Ureinwohner ostamerikanischer Waldgebiete zu tragen, bedarf ohne Zweifel einer regelmäßigen, drogensubstituierten Auszeit.

In der goldenen Epoche, die dieses Buch beschreibt, war das (zumindest im nichtsozialistischen Wirtschaftsraum) nicht wirklich vonnöten. Punk zu sein erforderte in einer Zeit, in der Millionen gegen Atomkraft und NATO-Doppelbeschluß auf die Straße gingen, nicht mehr Mut als ein Tritt gegen das Schienbein deines Nachhilfelehrers. Obdachlosigkeit war kein Thema, dafür gab es einfach zu viele Hippies, die an dir ihre Toleranz erproben wollten. Eine Haftstrafe bekamst du nur, wenn du wirklich kriminell geworden warst. Und um dein Leben fürchten mußtest du schon gar nicht, denn bekennende Nazis existierten kaum. (Zumindest hielten sie sich bedeckt.)

Ich erinnere mich an zahllose Gelegenheiten, bei denen es hieß, es müsse dieses Jugendzentrum oder jenes besetzte Haus gegen eine Horde anrückender Faschisten verteidigt werden. Stundenlang saß man dann, den Baseballschläger martialisch auf den Knien, in irgendeiner »Volxküche« beisammen, während die anfängliche Erregung nach und nach gepflegter Langeweile wich. Meist schlug am Ende jemand vor, den Feind per Auto aufzuspüren. In achtundneunzig von hundert Fällen ergebnislos.

Bei den wenigen von Faschisten angekündigten Aufmärschen und Parteiversammlungen war es nicht anders. Falls die braunen Buben überhaupt anrückten, dann meist in so geringer Zahl, daß ihnen die gegnerischen Kräfte nicht selten um ein Zwanzigfaches überlegen waren.*

Wenn du dich als Punkrocker wirklich an Widerständen aufreiben wolltest, dann mußtest du in den achtziger Jahren schon in der DDR gemeldet sein. Hier hattest du nicht nur in der ständigen Angst zu leben, daß sie dir bei der Volkspolizei die Klamotten wegnahmen oder die Haare schnitten (für Punks die absolute Höchststrafe). Nein, du hattest auch in kürzester Zeit die Staatssicherheit an der Backe, konntest für vermeintliche Nichtigkeiten jederzeit in den Knast oder den Jugendwerkhof einfahren oder mit den abstrusesten Verboten belegt werden (Jugendclubverbot, Kneipenverbot,

*Daß sich das nach der Wiedervereinigung so drastisch verändert hat, will mir im Nachhinein beinahe wie eine sich selbst erfüllende Prophezeiung erscheinen.

Berlinverbot usw.). An Punkscheiben war genauso schwer heranzukommen wie an Verstärker und andere (für die Gründung einer Band benötigte) Gerätschaften, von industriell gefertigten Lumpen gar nicht zur reden. Und so erlaube ich mir, die »vom Klassenfeind beeinflußten, dekadenten Elemente« der »Arbeiter- und Bauernmacht« als die wahren Helden des Punkrock zu preisen - auch und gerade, weil der Westen ihre Existenz in der ihm eigenen Ignoranz erst viel zu spät zur Kenntnis genommen hat.

Und ja, ich gebe es zu, trotz meiner oben geschilderten Bedenken genießen auch die kleinen Punker von heute meine Sympathie - zumindest wenn sie in einer Gegend zu Hause sind, in der ein »deutschnationaler« Lebensstil längst zum Mainstream geworden ist. Auf daß sie das Pflaster unserer Innenstädte noch möglichst lange mit dem Auswurf ihrer malträtierten Lungen benetzen mögen! Der Volkskörper braucht nichts dringender als eine chronische Schuppenflechte. Oder um es mit meinem alten Spezi Horst Hrubesch zu sagen: »Kein Vergeben - kein Vergessen. Randale, Saufen, Ostmuschis!«

Dilettanten unterwegs nach nirgendwo

Aus der Reihe »Mein größtes Waterloo«

Muttis Schuppen, Margarete Mitscherlichs Schalmeienorchester, Besoffen Zu Fuß und *Smegma Für Alle* - so hieß die Band in den Jahren 1985-87. Und nur deshalb hatten wir sie überhaupt gegründet - wir empfanden eine unendliche, beinah frühkindliche Freude daran, uns immer wieder neue Namen zu geben.

Zum Zeitpunkt des im folgenden geschilderten, für den Fortgang meines Daseins höchst schwerwiegenden Intermezzos hatten wir uns wieder einmal umbenannt und hießen nun *Der Chef Hat Vier Eier*.

Ein Instrument beherrschte keiner von uns, genauso wenig, wie irgendwer über Kenntnisse im Songschreiben verfügte. Aber selbst, wenn das der Fall gewesen wäre, so hätte wohl niemand Lust gehabt, den anderen die erdachte Akkordfolge *näherzubringen*. Wir hatten noch nicht mal Lust zum Üben.

Unser Repertoire bestand aus zwei geklauten Stücken von *Slime* und einer trashigen Version des Kufsteinlieds - eine Art Polka, zu der Achmed Vornefett, unser Frontmann, in kurzer Folge immer wieder die Zeilen »Ich bin ein Hengst. Ich brauch' 'ne Kopfnuß.« ausstieß.

Kein Wunder, daß wir noch kein Konzert gegeben hatten. Aber Konzerte interessierten uns ohnehin nicht. Wir nutzten den Übungsraum ausschließlich zum Trinken und zum Herumexperimentieren mit weichen bis mittelharten Drogen. Wenn Frauen anwesend waren (was hin und wieder vorkam), rissen wir kurz unser Programm ab, nur um im Anschluß daran angeberische Diskussionen anzuzetteln, die uns einen zumindest *semi*professionellen Anstrich geben sollten.

»Alter, du mußt wirklich 'n bißchen aufs Tempo achten«, mahnte Properski, unser übergewichtiger Gitarrist, den wulstigen Finger anklagend auf Melzer, unseren Baßmann, gerichtet.

»Wenn du beim Spielen nicht ständig furzen würdest, hätte ich auch keine Probleme, den Takt zu halten«, entgegnete Melzer.

Properski konterte mit der ihm eigenen intellektuellen Überlegenheit: »Hätte mein Alter mich gegen die Eisenbahn gespritzt, hätt' ich was von der Welt geseh'n.«

Es kam einfach *gut,* in einer Band zu sein.

Und natürlich hätte nichts, aber auch gar nichts dagegen gesprochen, den Status des fidelen Freizeitmusikanten noch eine Zeitlang aufrechtzuerhalten, wenn, ja wenn uns das Schicksal nicht doch einen *Auftritt* aufs Auge gedrückt hätte. Properski war bei einer seiner Sauftouren einem lokalen Konzertveranstalter begegnet und hatte – durch den Genuß codeinhaltiger Hustentropfen leichtsinnig geworden – große Töne gespuckt. Provoziert durch das ebenso überhebliche wie zweifelnde Gebaren des Kulturmoguls, hatte er am Ende gar behauptet, *Der Chef Hat Vier Eier* wären nichts anderes als Niedersachsens Antwort auf *Black Flag, die* kalifornische Hardcore-Legende. Und nun standen wir plötzlich auf einem Plakat, das die einschlägigen Treffpunkte der Stadt dekorierte. In kleiner Schrift zwar und relativ weit unten – aber dennoch unübersehbar: »*Der Chef Hat Vier Eier* – Deutschlands Antwort auf *Black Flag,* 26.05., 21 Uhr«.

Jesus, das waren keine vier Wochen mehr.

Natürlich nahmen wir uns vor, dem bandeigenen Uterus noch ein paar Songs abzuringen. Natürlich wollten wir üben, wie wir noch nie geübt hatten. Aber aus unerfindlichen Gründen kam ständig etwas dazwischen. Und am Tag der Entscheidung bestand unser Programm noch immer aus zwei geklauten Stücken von *Slime* und einer trashigen Version des Kufsteinlieds.

Eins stand fest: *Nüchtern* würde das zu erwartende Debakel nicht zu überleben sein. Und so überführten wir im Backstageraum zwei Paletten Dosenbier in unseren Blutkreislauf, während Achmed Vornefett uns noch einmal ins Gebet nahm.

»Männer!« sagte er mit getragener Stimme. »Männer, heute erwartet uns unser persönliches Tschernobyl. Machen wir das Beste daraus, versuchen wir, die Erinnerungslücken so groß wie möglich zu halten.« Dann verteilte er an jeden circa drei Gramm in Terpentin eingelegte Psilocybine.

Während ich die bittere Masse der Kraft meines Speichels überantwortete, betrachtete ich noch einmal meine Mitstreiter.

Rein optisch hatten wir uns nichts vorzuwerfen. Handgranate trug ein T-Shirt mit dem Aufdruck »Entjungfert durch Margot Honecker«. Achmed Vornefett hatte sich ein halbes Glas Griebenschmalz ins Haar geschmiert. Properski steckte in einer Hose, die so weit geschnitten war, daß man den Arschansatz (das sogenannte Maurerdekolleté) schon sehen konnte, bevor er überhaupt den *Versuch* einer Hocke unternahm. Ich selbst trug einen alten Lodenmantel meines Vaters, auf den ich mit weißer *Airfix*-Farbe das Vereinswappen von *Traktor Tscheljabinsk* gemalt hatte.

Wir waren ohne Zweifel Punkrock. Aber Punkrock war auch das Publikum. Mitbürger mit Vitamin- und Kalziummangel und Hang zu Gewalttätigkeiten; zu fünfundneunzig Prozent männlich, zu achtundneunzig Prozent alkoholisiert.

Gerade machte sich die Meute über vier Halbwüchsige her, die das schwere Los gezogen hatten, den Abend zu eröffnen. Sie nannten sich *Zombies Mit Zahnbefall*, spielten eine Art Dark Wave und waren hier unüberhörbar fehl am Platz. Begleitet vom Einschlaggewitter der Bierflaschen drangen laute »Aufhör'n! Aufhör'n!«-Rufe an unsere Ohren, und es fiel keinem von uns schwer, die Losung auf sich selbst zu beziehen.

»Scheiße, wir hätten Schnaps kaufen sollen«, stöhnte Properski, während er seine leere Dose gegen eine volle austauschte. »Besser noch Heroin.«

Dann brach der Gothicrock-Ersatz abrupt ab, die vier Juniorsatanisten strömten aufgelöst in den tröstenden Schutz der Back - stagemüllhalde, und es war an uns, der reißenden Bestie namens Publikum ein Opfer zu bringen.

»Hey, viel Glück!« rief uns einer der »kariesgeplagten Untoten« hinterher, während er die Platzwunde auf seiner Stirn notdürftig mit einem Handtuch versorgte.

Und dann befanden wir uns auch schon inmitten des Scheiterhaufens, der da gemeinhin als Bühne bezeichnet wird.

»Wir heißen *Der Chef Hat Vier Eier*. Und wir sind gekommen, euch die Unschuld zurückzugeben!« brüllte Achmed Vornefett ins Mikrophon.

Dann brachten wir das Kufsteinlied, unseren größten, unseren ergreifendsten, ja unseren *einzigen* Hit.

Soweit ich das hinter den Sichtblenden meines Schlagzeugs beobachten konnte, hielten sich die Flaschenwürfe deutlich in Grenzen, und das war wohl mehr, als wir erwarten konnten. Leider spielten wir noch einen Song. Und leider begannen unterdessen die Pilze zu wirken.

Properski, der eben noch virtuos die Laute gezupft hatte, schmiß das Instrument plötzlich von sich und machte sich mit selig-süßem Gesichtsausdruck daran, seine Klamotten abzustreifen. Nicht auszuschließen, daß er ob des überraschend milden Empfangs seine Umgebung einfach vergessen hatte. Vielleicht wähnte er sich in der Umkleidekabine irgendeines Hallenbades oder auf der Drehscheibe einer Peepshow. Einer Peepshow der besonderen Art, wohlgemerkt! Denn Properski entsprach dem gängigen Schönheitsideal nur bedingt. Er verfügte über ganze *Heerscharen* von Wülsten und Fettringen - weiches, ausgesucht weißes Fleisch, das er seiner Umwelt nun mit einer Anmut präsentierte, die an kopulierende Orcas denken ließ.

Der Rest der Band schlug sich derweil tapfer mit *Slimes* »Polizei-SA-SS« herum. Aber was nützt das größte Engagement, wenn ein wichtiger Teil des Ensembles unvermittelt seine exhibitionistische Ader ausleben möchte.

Properski jedenfalls ließ in seinen Bemühungen nicht nach, und noch bevor der Song sein offizielles Ende gefunden hatte, schnupperte sein Fortpflanzungsorgan bereits die lang ersehnte Bühnenatmosphäre. Die Menge begrüßte diesen emanzipatorischen Akt mit lautem Gejohle und Zugaberufen.

Eigentlich hätten wir diesen Moment genießen müssen. Die Sympathien der Massen gehörten eindeutig »dem Chef, in dessen Besitz sich vier Eier befanden«, auch wenn im Scheinwerferlicht nur *zwei* Eier präsentiert wurden. Aber wir anderen hatten ja nicht minder von den Pilzen genascht, und nur so ist es wohl zu erklären, daß auch Melzer die Arbeit mit einem Mal einstellte und statt dessen unter Zuhilfenahme eines Zippos seinen rotgefärbten Irokesenschnitt in Brand setzte. Eine Aktion, die mich derart aus dem Takt brachte, daß ich mich ebenfalls genötigt sah, mein Tagwerk fürs erste zu beenden.

Einzig Achmed Vornefett, unser tapferer Shouter, ließ sich nicht beirren. Jeglicher Begleitung beraubt, begann er seine Botschaft unverdrossen a cappella zu verbreiten.

»Schmiert euch euer Hirn aufs Brot. Nutella ist braun. Marmelade ist rot«, wetterte er, die linke Hand zur Faust geballt, als wäre Günter Mittag persönlich in seine Seele gefahren.

Ein Text, der mir gänzlich unbekannt war. Ohne Zweifel eine Art früher Freestyle-Rap. Properski begleitete diesen Vortrag, indem er mit zwei Fingern *arrhythmisch* an seinem Glied zu zupfen begann.

Ich beobachtete dieses Szenario aus der sicheren Perspektive des Schlagwerkers, kam aber nicht dagegen an, daß plötzlich eine Vision von mir Besitz nahm, die uns alle als Jünger Otto Muehls begriff. Herrgott, dies war kein Punkkonzert, dies war eine Performance geistig zerrütteter Kunststudenten, die nichts weniger im Sinn hatten, als die Anwesenden vom zwangsläufigen Scheitern jedweden Forschrittsglaubens zu überzeugen. Auch ich mußte mittun. Auch ich mußte meinen Beitrag leisten.

Einen Moment lang überlegte ich, ob ich einen neuen Rhythmus vorgeben sollte. Irgend etwas Surrealistisches, irgend etwas, das die Thesen eines Georges Bataille vermitteln konnte. Da traf mein Blick auf diesen hünenhaften Skinhead, der sich anschickte, die Bühne zu entern – die Muskeln angespannt, die flache Stirn zornig in Falten gelegt, die Nüstern weit geöffnet. Ganz klar, von den Thesen eines Georges Bataille hatte dieser aufrechte Sportsfreund während seiner aktiven Zeit an der Sigrid-Löffler-Sonderschule für Lernschwache nicht viel vernommen. Er wirkte deutlich verbittert, sah auch nicht gut aus: Der schwielige Schädel und das weiße *Fred Perry*-Shirt waren unerklärlicherweise klatschnaß. Es hatte den Anschein, als ob er sich zwei Liter Apfelsaft über den Kastenkopf gegossen hätte.

Wie ich später erfuhr, hatte Properski, dem es nicht gelingen wollte, eine anständige Erektion zu erzeugen, dieses Unterfangen irgendwann eingestellt und statt dessen damit begonnen, die ersten Reihen mit dem biergeschwängerten Inhalt seiner sprichwörtlichen Elefantenblase einzudecken.

Die massige Fleischmütze wird wohl direkt unter der Bühne gestanden haben. Jetzt schwang sie sich also ins Rampenlicht, griff sich Properskis verwaisten Mikroständer und öffnete das plombenbeschwerte Maul, um einen markerschütternden Schrei zu formulieren: »Analverkehr! Für *alle*!«

Und das war der Moment, in dem ich nicht nur die Band verließ, sondern endgültig beschloß, mich der Poesie zuzuwenden.

Rekrutenleid

Ich war dreizehn oder vierzehn, als der Punkrock von meiner zarten Seele Besitz nahm.

Beim Durchpflügen des einzig akzeptablen Plattenladens, den meine Heimatstadt im Angebot hatte, war mir ein Sampler ins Netz gegangen, dessen Cover (eine Schwarzweiß-Zeichnung) aufrichtig verboten aussah: ein Trupp futuristisch anmutender Soldaten, absoluten Vernichtungswillen auf den Gesichtern, in einer brennenden Ruinenlandschaft. Darüber die einleuchtende Zeile »Soundtracks zum Untergang«.

Die auf der Rückseite der Plattenhülle aufgelisteten Bands hielten, was die Vorderseite versprach. Sie trugen so abenteuerlich klingende Namen wie *Hass*, *Störtrupp* oder *Offensive Herbst 87* und hatten ebenso abenteuerlich klingende Stücke im Angebot: »Selbstmord« etwa oder »Hurra, ich bin genormt«. Als Krönung des Ganzen das Zitat einer gewissen *Rosa* (Eine Band? Ein Mädchen?): »Wir werden noch tanzen, wenn an euch schon keiner mehr denkt!«

Ohne zu wissen, was hier überhaupt für eine Musikrichtung präsentiert wurde, trug ich den Tonträger zur Kasse. Ich spürte mit aller Deutlichkeit, daß ich etwas Außergewöhnliches in den Händen hielt. Was auch immer auf dieser Scheibe gespeichert war, es würde ohne Zweifel geeignet sein, meine altersbedingte Abneigung gegen die üblichen Autoritätspersonen mit Munition zu versorgen.

Mein Gefühl sollte mich nicht im Stich lassen. Kaum daß ich das Vinyl meinem Plattenspieler überantwortet hatte, prügelte ein Sound auf mich ein, dessen Aggressivität mich schreckhaft den Lautstärkeregler zurückdrehen ließ. Die Texte taten ein Übriges; sie griffen alles an, was dem Land, in dem ich lebte, lieb und teuer war, und das in einer Sprache, die mir im Deutschunterricht unzweifelhaft ein Ungenügend eingetragen hätte.

Heiland, wenn dieses staatsfeindliche Produkt (das nur von der RAF oder der Stasi finanziert worden sein konnte – und war das, wenn ich meinem Großvater Glauben schenken durfte, nicht das gleiche?!), wenn dieses Werk des Bösen also meinen Eltern in die Hände fiel, würde das unweigerlich Strafmaßnahmen und/oder (was noch schlimmer war) klärende Gespräche nach sich ziehen. Für gewöhnlich liefen *Trio* oder *Joachim Witt* auf meiner Billig-Anlage.

Ich ließ die erste Seite durchlaufen, dann schob ich die Platte in ihre Hülle zurück. Mehr wäre gesundheitsschädigend gewesen. Die Erregung, die mich beim Hören ergriffen hatte, kam dem High eines Langstreckenläufers gleich. Gegen das eben Erlebte war die Berührung von Ilona Rennelbergs zarten Brüsten ein Scheißdreck gewesen.

Keine Frage, daß ich meinen Jahrhundertfund noch am selben Nachmittag zu Jörn Melzer trug. Wenn es jemanden in meiner Klasse gab, der diesen Sprengsatz zu würdigen wußte, dann war es mein Banknachbar.

»Und?« fragte ich, nachdem wir dem Krawall etwa eine Viertelstunde lang gelauscht hatten.

Jörn Melzer zog bedächtig an einer *Camel Filter*.

»Das ist Punk«, sagte er schließlich.

Punk also, davon hatte ich schon gehört. Im *Stern* hatten sie einen Bericht gebracht, der sich mit fortgesetzten Schlägereien zwischen größeren Gruppen verfeindeter Jugendlicher in Berlin beschäftigte. Die einen trugen gelbe Pullunder und Karottenhosen und wurden Popper genannt; die anderen, die sogenannten Punker, besaßen abenteuerliche Stachelfrisuren und bemalte, mit Nieten übersäte Lederjacken. Das also war die Musik, die diese verwegenen Gestalten dazu brachte, der herrschenden Mode ins Gesicht zu spucken. (An meiner Schule rannten die meisten in knielangen Hemden, Anzugwesten und geschlossenen Clogs herum.)

Natürlich durfte ich mir meine Unwissenheit nicht anmerken lassen.

»Das war mir schon klar, daß das Punk is'. Ich wollte wissen, wie du's *findest?*«

»Groß«, sagte Jörn Melzer.

Und damit war eine zukunftweisende Entscheidung gefallen. Ohne daß wir es aussprechen mußten, stand fest: Auch wir würden Punker werden. Und das so schnell wie möglich!

In den nächsten Monaten verwandten wir viel Geld und Zeit darauf, uns mit weiteren Platten, vor allem aber mit Fachwissen einzudecken. Wir saugten alles ein, was uns Presse und Fernsehen zum Thema zu bieten hatten, und das war nicht wenig. Punk sorgte damals allerorten für Skandale.

Bald kannten wir die Namen zahlloser Bands und ihrer Mitglieder, wir hatten unzählige Songtexte im Kopf, und wir wußten, daß Punker eigentlich Punks hießen. Was das Theoretische betraf, waren wir also schnell auf der Höhe. Nur die Praxis, speziell unser Äußeres, ließ noch zu wünschen übrig. Ich ging diesen Mißstand an, indem ich mir ein T-Shirt von den *Sex Pistols* zulegte, in das ich mit der Nagelschere zahlreiche Löcher schnitt.

Als ich es am nächsten Morgen (nachdem ich es unter meinem Pullover aus dem Haus geschmuggelt hatte) in der Schule präsentierte, kam ich mir so bedrohlich vor wie ein *Hell's Angel* mit entsicherter Pumpgun unterm Arm. Jörn Melzer zog nach, indem er seine Erziehungsberechtigten dazu überredete, ihm ein Paar Springerstiefel zu kaufen.

Einer Begegnung mit dem echten Leben stand also nichts mehr im Wege. Stellte sich nur die Frage, wo die örtlichen Punker, Entschuldigung, Punks, zu finden waren. Falls es welche gab ...

Es war mein Banknachbar, der den Ruhm des Entdeckers in Anspruch nehmen sollte.

»Sie hängen am Lesepavillon rum«, raunte er mir während einer Biologiestunde zu.

»Wer?«

»Na, wer wohl ...?!«

»*Wirklich?!*« Ich fühlte eine Kompanie Endorphine durch meine Nervenbahnen reiten.

»Mindestens ein Dutzend. Es waren sogar Mädchen dabei.«

»Und jetzt?«

»Na, wir gehen natürlich hin.«

Ich war mir nicht sicher, ob ich das wirklich wollte. Aber Jörn Melzer war ein kompromißloser Patron. Er ließ keinen Widerspruch gelten. Gleich nach der Schule nahmen wir das Vorhaben in Angriff.

Als wir die vermüllte Grünanlage namens Schloßpark betraten, die den Lesepavillon (eine Zweigstelle der örtlichen Bücherei) umgab, sah ich sie schon von weitem. Vier Typen in der medial bekannten Kluft, zwei davon mit beeindruckenden, grell gefärbten Irokesenschnitten. Sie saßen auf der flachen Umrandung eines zwergwüchsigen Springbrunnens und tranken Bier. Also kein Dutzend und auch keine Mädchen dabei. Aber wen interessierte das?! Hier waren die Menschen, deren Leben wir nur allzu gern gegen unser eigenes eingetauscht hätten. Jesus, was hätte ich in diesem Moment dafür gegeben, zwei oder drei Jahre älter zu sein. Ich hätte mir umgehend eine neue Frisur und eine Lederjacke zugelegt. Wenigstens trug ich mein *Sex Pistols*-Shirt.

Melzer und ich schlenderten betont desinteressiert an der Gruppe vorbei und ließen uns keine zehn Meter entfernt auf einer Bank nieder.

Nachdem wir jeder zwei *Pall Mall de Luxe* auf Lunge geraucht hatten, erlahmte die Faszination ein wenig. Ja, um genau zu sein, wurde uns irgendwann langweilig.

»Vielleicht sollten wir rübergeh'n«, schlug Melzer vor.

»Wie? Einfach so?«

»Na ja, wir gehen hin und sagen denen, daß wir auch Punks sind.«

»Ich weiß nich' ...«, entgegnete ich. »Vielleicht wollen die lieber ihre Ruhe haben.«

»Ach was. Wir fragen sie einfach, ob sie uns 'n Bier abgeben.«

»Na, wenn du meinst.« Unsicher trabte ich meinem Gefährten hinterher, der dem Quartett mit einer Entschlossenheit entgegenstrebte, die an einen kaiserlichen Steuereintreiber gemahnte.

»Hey!« tönte er bereits drei Meter entfernt. »Habt ihr 'n Bier für mich und meinen Kollegen hier?«

Vier erstaunte Augenpaare wandten sich in unsere Richtung.

»Wir sind auch Punks, wißt ihr.«

Das Erstaunen schlug in Heiterkeit um. Vier Münder verzogen sich zu einem satten Grinsen. Dann drang schallendes Gelächter an meine durchbluteten Ohren.

»Punks, was?!« brüllte einer, dessen hüpfender Kehlkopf einen eintätowierten Schmetterling animierte. »Scheiße Mann, ich dachte, ihr wärt Zivilbullen.«

»Ihr wollt Bier?!« keuchte sein Nachbar, einer der beiden Irokesenträger. »Habt ihr denn 'n bißchen Heroin dabei, damit wir tauschen können?«

Melzer wollte schon zu einer Erwiderung ansetzen, als ich ihn heftig am Ärmel zog.

»Na ja, nichts für ungut, Leute«, stammelte mein Banknachbar. »Aber wir müssen wieder.«

Dann machten wir uns mit kontrolliertem, aber schnellem Schritt davon.

»Punks, ich fass' es nich'. Habt ihr das bekloppte *Pistols*-Shirt geseh'n?« hörte ich noch einen sagen.

Als wir außer Sichtweite waren, verringerten wir unser Tempo.

»Scheiße, das ist nach hinten losgegangen«, erlaubte ich mir zu bemerken.

»Quatsch. Das war absolut okay«, widersprach Melzer. »Immerhin haben sie mit uns *geredet*.«

Diesmal konnte er mich nicht überzeugen. Noch bevor ich mein Elternhaus erreicht hatte, hatte ich bereits beschlossen, daß dieses Punkding in keiner Weise meinem Wesen entsprach. Mein T-Shirt schmiß ich in die Mülltonne. Wenn diese Arschlöcher meinten, sie könnten ohne mich auskommen, dann bitte ...

Aber natürlich gingen wir wieder hin. Um genau zu sein, dauerte es gerade mal zwei Tage, bis wir uns erneut am Lesepavillon herumdrückten.

Eine Unternehmung, die bald zum täglichen Ritual werden sollte. Denn irgendwie schafften wir es, irgendwie gelang es uns, Zutritt zu finden zu diesem erlesenen Kreis, der alles in allem aus vielleicht fünfundzwanzig Personen bestand. (Und ja, Melzer hatte recht gehabt, es waren tatsächlich Frauen dabei.) Ich meine, wir gehörten nicht wirklich dazu, aber wenigstens durften wir dabeisitzen. Wir durften Bier und Zigaretten ausgeben, und manchmal bekamen wir sogar selbst ein Bier spendiert.

Nach und nach erfuhren wir auch die Namen unserer neuen Helden. Namen, die es in sich hatten: Darmverschluß zum Beispiel, oder Krätze, oder Leberschaden ... Eigentlich hieß hier niemand so, wie es in seinem Personalausweis vermerkt war, selbst die Mädchen nicht. Und so beschlossen auch wir, unsere alte Identität gegen eine neue zu tauschen.

»Ich glaub', ich nenn' mich Panzerabwehrkanone«, befand Melzer nach kurzem Überlegen.

»'n bißchen umständlich, oder?« wandte ich ein.

»Na und?! Dafür klingt es schön kriegerisch. Wie willst du denn heißen?«

»Tja.« Ich dachte nach. »Fleisch vielleicht.«

»Wie?«

»Na, einfach Fleisch.«

»Okay, Fleisch. Dann auf zum Pavillon.«

Natürlich schlug sich unser verändertes Freizeitverhalten auch in unserem häuslichen Alltag nieder. Die Kleiderordnung wurde bis zum Äußersten ausgereizt – ein Unterfangen, das regelrecht zum Wettbewerb ausartete. Auch ich besaß bald ein Paar Springerstiefel sowie eine Jeans mit Riß in der Kniegegend; Melzer konterte, indem er sich regelmäßig Zuckerwasser in die Haare schmierte. Die Anzahl sogenannter Badges an unseren Wildlederjacken stieg im Wochenrhythmus – nahezu synchron zum stetigen Verfall anerzogener Benimmregeln.

Wirklich zufrieden waren wir dennoch nicht. Unser großes Ziel lag noch immer in weiter Ferne. Sicher, wir wurden geduldet. Aber das genügte nicht. Wir wollten echte Aufnahme finden, wir wollten richtig dazugehören. Fleisch und Panzerabwehrkanone verlangte es nach nichts weniger, als die selbstgewählten Namen endlich auch aus dem Mund ihrer Idole zu vernehmen. Wichser, Arschloch oder Kleiner, das war auf Dauer einfach nicht befriedigend.

Eine gute Gelegenheit, die eigene Reputation zu mehren, ergab sich an einem lauen Sommerabend.

Ich war ausnahmsweise ohne Melzer in den Park gekommen, um mit einem Tonträger anzugeben, den ich keine zehn Minuten zuvor in *Ritas Recordstore* erworben hatte. Er war von den *Einstürzenden Neubauten* und – wie ich in den vergangenen Wochen mitbekommen hatte – in meinem neuen Umfeld schwer angesagt.

Nachdem ich die Platte dezent aus der Plastiktüte gezogen hatte, um mit Kennermiene das Backcover zu studieren, ließ das fällige Kompliment nicht lange auf sich warten.

»Geile Scheibe. Für 'n Zehner kauf' ich sie dir ab«, sagte Milzbrand, der neben mir auf dem Brunnenrand saß und an einer Dose *Karlsquell* nuckelte.

Ich wollte sein Angebot gerade annehmen – was waren schon neun Mark achtzig Verlust gegen einen deutlichen Prestigegewinn?! –, als die Dinge eine Wendung nahmen, die weit größeres Ansehen versprach. Unruh, ein muskelbepackter Typ mit Sicherheitsnadel in der Wange, hatte das Verkaufsgespräch mit angehört und bekundete nun ebenfalls Interesse.

»Hey, wenn du die Platte *mir* verkaufst, geb' ich dir 'n hübsches Piece.«

Ein Piece, soviel wußte ich bereits, das war ein kleiner Klumpen Haschisch. Und Hasch, das bedeutete nicht nur Rausch und Rebellion, sondern auch ganz eindeutig gesetzwidriges Tun. Ich kannte mich da aus, hatte bei der letzten Schulfete mindestens dreimal an einer Pfeife gezogen, die irgendwer aus der Elften im Rauchereck herumgereicht hatte.

Ohne zu zögern gab ich Unruh mein Einverständnis.

»Mach's nich', der bescheißt«, flüsterte mir Milzbrand noch ins Ohr.

Aber ich schlug diese Warnung in die Zuschauerränge. Hier konnte ich endlich meine Mannhaftigkeit unter Beweis stellen. Denn Hasch, so dachte ich damals, war ganz sicher etwas für *harte* Burschen. Zusätzlich beflügelte mich die Vorstellung, wie Melzers Gesichtszüge ob dieser Aktion aus den Fugen geraten würden. Keine Frage, daß ich nach Abschluß des Handels sofort zu ihm nach Hause fahren mußte.

Ich verzog mich mit meinem Geschäftspartner in den Schatten eines Holundergebüschs, übergab ihm die LP und bekam dafür im Gegenzug einen ungefähr daumennagelgroßen, in Alupapier verpackten Würfel in die Hand gedrückt. Ohne ihn länger zu betrachten, schob ich ihn in die Vordertasche meiner schwarzen *Mustang* und machte mich davon.

In der Straßenbahn hielt es mich kaum auf dem Sitz. Furcht und Euphorie schwappten in meinem Schädel herum. Jesus, ich hatte Rauschgift gekauft, und jetzt trug ich es bei mir – mindestens ein ganzes Gramm! Mann, ich war ein gottverdammter kleiner Cracknigger. Wenn das meine Eltern gewußt hätten ...

Als ich die Stufen zu Melzers Heimstatt hinauftrabte, war mein Gefühlshaushalt vollends in Aufruhr. Sicher, die Gefahr, von der Polizei geschnappt zu werden, war nun mehr oder weniger gebannt. Aber da war noch etwas anderes. Was, wenn die Droge *wirkte*? Was würde dann mit uns passieren? Nach dieser Pfeife auf dem Schulhof hatte ich rein gar nichts gespürt. Aber das war beim ersten Mal normal, so hatte ich jedenfalls gehört. Was würde heute sein? Und wieviel brauchte man überhaupt für einen Joint? Ich konnte nur hoffen, daß Melzer Genaueres wußte.

Zum Glück war er zu Hause. Seine Mutter geleitete mich in sein Zimmer.

»Alter, rat mal, was ich habe?« stieß ich hervor, kaum daß sich die Tür hinter mir geschlossen hatte.

»Keine Ahnung.« Er sah gelangweilt aus einem Comic auf. »'n neues *Pistols*-Shirt?«

»Sehr witzig, Arschloch! Ich hab' Hasch. Richtiges Hasch. Ich hab' bei Unruh 'n Piece gekauft.«

»Is' nich' wahr!«

»Doch.« Ich fummelte das Piece aus meiner Hosentasche und warf es meinem Banknachbarn aufs Bett.

Er wog es prüfend in der Hand.

»Einwandfrei.«

Ich kam nicht umhin, mir ein breites Grinsen zu gönnen. Dann brach meine Furcht wieder durch.

»Und jetzt?« Ich ließ mich ihm gegenüber auf den Boden fallen.

»Na, wir brauchen Tabak und Blättchen. Aber erst mal müssen wir's aufbröseln.« Melzer griff unters Bett und zog ein Paket *Samson Halfzware* hervor.

»Wieviel denn?«

»Keine Ahnung ... alles?« Er schob mir ein Feuerzeug zu.

»Hast du eigentlich schon mal ...?«

»Na ja ...«

»Hast du?«

»Nich' wirklich.«

»Ich auch nich' ...« Ich spielte nervös mit dem Würfel herum.

»Komm, egal. Mach's auf. Wird uns schon nicht den Verstand kosten«, beruhigte er mich und hatte schon damit begonnen, Zigarettenpapier aus der Packung zu ziehen.

Also ermannte auch ich mich und begann vorsichtig die Alufolie abzupellen. Doch was war das?! Kaum hatte ich die erste Schicht entfernt, kam weiteres Leichtmetall zum Vorschein. Und unter der zweiten Schicht lag eine dritte. Unversehens war der Brocken auf die halbe Größe geschrumpft, und immer noch war nichts von der geheimnisvollen Materie zu sehen, die er enthalten sollte. Ich beschleunigte mein Tun, riß jetzt größere Stücke ab, aber ich ahnte schon, was kommen würde. Und auch Jörn Melzer, der mich gespannt beobachtete, bekam ein Gespür für das, was hier passierte.

»Der Wichser hat dich gelinkt!« rief er aus.

Ich wußte, daß er recht hatte. Aber was sollte ich tun?! Ich mußte mein Werk zu Ende bringen. Und so zerpflückte ich weiter Schicht um Schicht, bis ich schließlich zum Innersten des Würfels vorgedrungen war; in meinen Händen nichts weiter als unzählige silberne Krümel.

Melzer warf mir einen Blick zu.

»Arschlecken, Mann.«

»Tja.« Ich griff mir den Tabak und begann mir eine Zigarette zu drehen.

Die Idee, uns beim Verkäufer des Aluminiums zu beschweren, wurde umgehend verworfen. Eine solche Blöße hätten wir uns einfach nicht geben können, ganz abgesehen von den schweren *Verletzungen*, die ein derartiges Gebaren nach sich ziehen konnte. Statt dessen verzehrten wir eine Tüte Erdnußflips, die Melzer aus der Küche organisierte, während ich mich mit dem Gedanken tröstete, der Rauschgiftabhängigkeit noch einmal von der Schippe gesprungen zu sein. Fürs erste zumindest .

Nachtrag: Wie ich später erfuhr, sollte auch Unruh nicht viel Freude an dem faulen Handel haben. Noch am selben Abend legte sich der betrügerische Dealer, zweifellos durch die gelungene List beflügelt, einen kolossalen Vollrausch zu, in dessen Folge er sich für einen kurzen Heilschlaf auf dem Rasen ausstrecken mußte. Hierbei wurde ihm, von wem auch immer, sein neben ihm liegendes Fahrrad entwendet. Und auf dem Gepäckträger dieses Fahrrads befand sich – na was wohl? Genau! Meine ehemalige *Neubauten*-Scheibe ...

Die kapitalistische Bestie hält auch für dich einen Fangarm bereit

Keine Frage, daß Melzer und ich, selbst mit unserer vergleichsweise zivilen Garderobe, in der Schule alsbald für Aufsehen sorgten.

Ob er seit neustem mit zwei Fingern in der Steckdose schliefe, wurde mein Banknachbar angesichts seiner mit Zuckerwasser präparierten Mähne gefragt. (Nur um hier für Klarheit zu sorgen: An die Frisur von beispielsweise Sid Vicious reichte er bei weitem nicht heran. Dafür war sein Haar einfach zu lang. Vielmehr fiel das, was er allmorgendlich vor Unterrichtsbeginn in der Schultoilette mühsam in Form brachte, im Lauf der nächsten Stunden nach und nach zusammen, bis sein Schopf schließlich einem Weizenfeld glich, das zu lange im Regen gestanden hatte - was dann allerdings um so wüster aussah.)

Auch unsere Badges riefen nicht selten Mißfallen hervor, besonders die selbstgefertigten. Ich erinnere mich an ellenlange Diskussionen mit einem Werte-und-Normen-Referendar (einem dieser unangenehm aufgeschlossenen Berufsjugendlichen, die zwanghaft geduzt werden wollen) über die Notwendigkeit, die Aussage »Fick den Papst, dann hilft dir Gott« am Revers zu tragen.

Aber es gab auch Lob, und zwar von gänzlich unerwarteter Seite. Herr von Stülten, seines Zeichens Geschichtslehrer und bekennender NPD-Anhänger, zeigte sich sichtlich angetan von unserem neuen Schuhwerk.

»Na, meine Herren, da sind wir für den nächsten Blitzkrieg ja bestens vorbereitet«, verkündete er mit Blick auf unsere Armeestiefel.

Den größten Anklang fand unser Bewußtseinswandel naturgemäß bei denen, die schon immer ein Faible für normverletzendes Verhalten an den Tag gelegt hatten. Also bei Typen, die mit ihren Eddings riesige obszöne Zeichnungen an die Innenwände der WCs malten, während des Unterrichts heimlich Bier tranken und dem

Hausmeister so oft als möglich gegen die Scheiben seiner kleinen Verkaufsbude rotzten.

Hier stießen Melzer und ich auf echtes Interesse, und nachdem wir ein paar unserer Tonträger die Runde hatten machen lassen, waren wir bald nicht mehr die einzigen am ehrbaren Michail-Bakunin-Gymnasium, die die Bezeichnung Punkrocker für sich in Anspruch nehmen durften.

Achmed Vornefett zum Beispiel, dessen Eltern geschieden waren und der deshalb ohne die väterliche Knute aufwuchs, kam eines Tages mit einer karierten Bondagehose zum Unterricht, die mir vor Neid fast den Talg aus den Mitessern trieb. Mann, zu blöd, daß *meine* Eltern nicht geschieden waren.

Ein weiterer Parteibuchanwärter war Uwe Properski, ein übergewichtiges Milchgesicht aus dem Jahrgang unter uns. Streng behütet von einem Despoten aus der Gebrauchtwagenbranche, sah er sich zwar außerstande, modisch für Furore zu sorgen, dafür erlaubte ihm aber ein überaus fürstliches Taschengeld den Ankauf jeder von uns begehrten Schallplatte.

Melzer und ich schleppten die beiden mit zum Lesepavillon, was den Vorteil besaß, daß wir unsere Außenseiterexistenz hinfort als Kleeblatt fristen konnten.

Als sich die Nachricht verbreitete, die *U.K. Subs* würden in die Stadt kommen, stand schnell fest, daß wir das Konzert besuchen mußten. Heiland Sack, die *U.K. Subs*, Londoner Punkrockheroen der ersten Stunde – schon damals Legende – in unserer provinziellen Gemeinde ...

Stellte sich nur die Frage, wie ich meinen Eltern die notwendige Ausgangsgenehmigung abhandeln konnte. Ein kümmerliches Mal hatte ich bisher eine Tanzkapelle live sehen dürfen, nämlich die *Teens* in der Stadthalle, und das auch nur, weil die Mutter von Astrid Möllering sich bereit erklärt hatte, als Aufsichtsperson zu fungieren.

Ob Frau Möllering sich auch für die *Subs* zur Verfügung stellen würde, war fraglich. Ich allerdings mußte auf Nummer Sicher gehen, sprich: mich der Lüge bedienen. Ich erfand einen Theaterabend in der Schule, an dem neben unserer eigenen auch mehrere auswärtige Schauspielgruppen teilnehmen würden. Das rechtfertigte nicht nur stundenlangen Freigang, sondern brachte mir auch einen Zehner ein, mit dem ich den vermeintlichen Eintritt und eventuelle Getränke bezahlen sollte.

Properski, der dieselbe Masche versuchte, hatte weniger Glück. Sein Vater benötigte ihn für dringende Ausbauarbeiten am heimischen Partykeller.

Wir anderen trafen uns bei Vornefett, da es nur hier möglich war, die an unserer Aufmachung unverzichtbaren Änderungen vorzunehmen.

Melzer und ich schlüpften in die aus dem Haus geschmuggelten Kleidungsstücke. Dann ging es mit Kernseife und zwei Dosen Haarspray an das Aufstellen der Haare (ein Vorgang, der damals, wenn ich mich recht erinnere, »Spiken« genannt wurde).

Nachdem wir uns so dem gängigen Bild des Bürgerschrecks aufs Beste genähert hatten – zumindest im Rahmen unserer Möglichkeiten –, brachen wir auf. (An Achmed Vornefett, der die Seitenwände seines Schädels zur Feier des Tages kurzerhand von ihrem Bewuchs befreit hatte und der damit zumindest über den *Ansatz* eines Irokesenschnitts verfügte, reichten wir natürlich nicht heran.) Vornefetts Mutter, die wie gewohnt vor der Glotze dahinsiechte, würdigte unseren Abgang mit einem großen Schluck aus der Sherry-Karaffe.

Ihr Stammhalter bevorzugte nicht minder gehaltvolles Labsal. Im Bus Richtung Nordstadt zog er eine Flasche *Berentzen Apfel* aus dem Innenleben seiner Jacke.

»Hab' ich bei meiner Alten im Wäscheschrank gefunden«, prahlte er, während er seine Beute in die Höhe hielt.

Beschämt dachte ich an die Handvoll *nimm2* und die Tafel Zartbitterschokolade, die mir *meine* Mutter mit auf den Weg gegeben hatte.

Während wir dem ungewohnten Getränk reihum zu Leibe rückten, wobei wir es mit allen Mitteln vermieden, dem tödlichen Brennen in unseren Kehlen irgendeine Regung folgen zu lassen, die eventuell als unmännlich auszulegen gewesen wäre, füllte sich das

Nahverkehrsmittel nach und nach mit Menschen, die unübersehbar demselben Ziel entgegenstrebten wie wir. Lederjackenträger um Lederjackenträger enterte den Bus, und so dauerte es gerade mal zwei Haltestellen, bis selbst die Stehplätze knapp wurden.

»Beim Prostatakrebs des Kanzlers, wo kommen die bloß alle her?« fragte Melzer angesichts der zerlumpten Gestalten, die nicht selten mit ganzen Paletten voller Dosenbier bewaffnet waren.

»Sicher vom Dorf«, beschied ihm Vornefett, nachdem er einmal mehr den *Berentzen* auf den Parcours geschickt hatte.

Warum dann plötzlich, begleitet von der Parole »Wer nicht mitspringt, ist ein Nazi!«, alles zu hüpfen begann, entzieht sich meiner Kenntnis. Ich konnte von meinem Platz aus einfach nicht genug erkennen. Auf jeden Fall sprangen mit einem Mal gut fünfzig Personen wild auf und ab – ein Manöver, das den Bus, der gerade eine Rotphase abzuwarten hatte, mächtig ins Schaukeln brachte. Verständlich, daß sich der Fahrer davon nur mäßig begeistert zeigte. Über Lautsprecher forderte er seine Fahrgäste auf, das kindische Tun sofort zu unterlassen.

Die Antwort ließ nicht lange auf sich warten. Kaum daß die gestrenge Stimme des Fuhrknechts verklungen war, ging eine erste Scheibe zu Bruch. Weitere folgten im Sekundentakt, und so war – nicht zuletzt dank der über den gesamten Innenraum verteilten Nothämmer – bald der halbe Bus entglast.

Melzer, Vornefett und ich, die wir das Treiben zu Beginn eher abwartend beobachtet hatten, auch wenn wir uns damit zweifellos dem Verdacht einer faschistoiden Gesinnung aussetzten, sahen unsere privilegierten Plätze mit einem Mal durch herumfliegende Glaspartikel bedroht. Beinahe zeitgleich erhoben wir uns, während sich ein gedrungener Skinhead, der scheinbar keinen Hammer abbekommen hatte, an uns vorbeizwängte, um die Scheibe neben unserer Sitzbank mit einer Flasche *Nörten-Hardenberg* anzugehen.

»Besser kann das Konzert nachher auch nicht werden!« brüllte mir Vornefett noch ins Ohr.

Dann hagelte es plötzlich echte Scherben. Ein Ungemach, das unseren Fluchtinstinkt vollends zu wecken vermochte. Aber an

Flucht war nicht zu denken, da wir von einer undurchdringlichen Wand entfesselter Leiber umgeben waren. Uns blieb nichts anderes, als, so gut es ging, in Deckung zu gehen.

Die Lage entspannte sich erst, als der Fahrer, der die Lautsprecheranlage nach wie vor wacker besetzt hielt, das baldige Nahen der Sicherheitsorgane ankündigte. Schlagartig machte sich ein Großteil seiner Kundschaft durch die neu geschaffenen Ausstiegsluken davon, und auch wir wagten sobald als möglich den Sprung aufs Straßenpflaster.

»Einwandfreies Programm«, befand Vornefett.

Melzer pflichtete ihm bei.

»In der Schule glaubt uns das kein Mensch«, sagte er, während er sich ein Stück Glas aus der Kopfhaut zog.

»Auf die Pißnelken in der Schule ist geschissen«, entgegnete Vornefett und hatte schon wieder den *Berentzen* geöffnet.

Nachdem wir jeder einen Schluck genommen hatten, hieß es ausschreiten, um den losen Pulk derjenigen einzuholen, denen das herannahende Sirenengeheul bereits Beine gemacht hatte.

Grölend und marodierend zog die Meute durch die Häuserschluchten, und wir waren ein *Teil* von ihr – ein erhebendes Gefühl, das durch den Apfelkorn noch verstärkt wurde. Nie zuvor war ich mir so bedeutend vorgekommen. Vor meinen Augen wälzte sich eine Kraft über den Asphalt, die in der Lage schien, alles Bestehende hinwegzufegen. *Diese* Jugendbewegung würde all ihre Vorgänger an Entschlossenheit weit übertreffen, dessen war ich mir sicher.

Kein Wunder, daß sich in mir ein vollkommen unbekannter Tatendrang regte, während sich zeitgleich eine angenehme Gleichgültigkeit in bezug auf gängige Verhaltensregeln einstellte. Daß Achmed Vornefett im Vorübergehen eine Mülltonne umtrat, erschütterte mich nur bedingt. Kurz wunderte ich mich darüber, daß niemand an ihn herantrat, um ihm Handschellen anzulegen. Dann ließ ich den Blick schweifen, um eine Mülltonne zu entdecken, die *ich* umtreten konnte. Leider hatten die vor uns Gehenden bereits sämtliche Hindernisse aus dem Weg geräumt. Dafür kam der Veranstaltungsort in Sicht, das Jugendzentrum *B 52*. Und hier bot sich dem euphorisierten Jungspund ein Bild, das ihn vollends aus der Fassung geraten ließ.

Ein Anblick wie beim Jahrestreffen der Freibeutergewerkschaften, ein Anblick, der jeden rechtschaffenen Bürger umgehend veranlaßt hätte, die Gestapo zu alarmieren. Aber rechtschaffene Bürger waren nicht zu sehen. Statt dessen beherrschten Horden von Punkrockern die Szenerie. Sie lagerten auf der Rasenfläche, die das Gebäude umgab, oder pendelten zwischen Jugendzentrum und einer nahegelegenen Tankstelle hin und her; augenscheinlich, um den Nachschub an Alkoholika zu gewährleisten. Die Gegend war mit Leergut übersät, als ob eine unsichtbare Macht den Inhalt Dutzender Altglascontainer vom Himmel hatte regnen lassen.

Meine Gefährten und ich hatten angehalten, um uns an dieser kolossalen Kulisse zu weiden. Nun ließ Vornefett ein letztes Mal die Flasche kreisen. Dann konnte das Behältnis dem Zuständigkeitsbereich der Stadtreinigung überantwortet werden.

»Sieht so aus, als hätten wir noch 'n bißchen Zeit«, sagte Melzer mit Blick auf die wartende Menge. Seine Wangen wiesen selbst im schwachen Schein der Straßenbeleuchtung eine ungewohnte Rötung auf.

Seiner Bemerkung folgte die unausgesprochene Frage, was jetzt zu tun wäre.

Kurz war ich versucht, *nimm2* anzubieten, konnte den Impuls aber gerade noch unterdrücken.

»Wir könnten ein paar Bier holen«, schlug Achmed Vornefett vor.

»Ich weiß nich'«, wandte ich ein. »Ich hab' nur 'n Zehner dabei. Und wir müssen ja noch Eintritt zahlen.«

»Hey, das laß mal meine Sorge sein.« Bei diesen Worten nestelte Vornefett ein Portemonnaie aus seiner Gesäßtasche, dem er mit gönnerhafter Geste einen Hunderter entnahm.

Ein Blauer! Bei allen Heiligen! Ich hätte wetten können, daß er den ebenfalls bei seiner Mutter im Wäscheschrank gefunden hatte. Aber was scherte mich das?! In meinem Gehirnkasten sorgte der *Berentzen* für Aufruhr, da war es doch nur begrüßenswert, wenn ein fürsorglicher Gönner ein Getränk ins Spiel brachte, das für seine *beruhigende* Wirkung bekannt war.

Wir besorgten uns an der Tanke je drei Dosen *Wolters Pilsener*. Dann mischten wir uns trinkend und rauchend unters Volk, um die gesamte Bandbreite an aufwendig verzierten Lederjacken aus der Nähe zu betrachten und die in allen Farben schimmernden Hahnenkämme zu goutieren, die nicht selten eine Höhe von zwanzig bis dreißig Zentimetern aufwiesen.

Allen dreien war uns bewußt, daß hier ein Ereignis von welthistorischer Bedeutung stattfand. Himmel, all diese Halbgötter um uns herum - von den Göttinnen gar nicht zu reden. Die Hundehalsbänder, die Nasenringe, diese intensiv geschminkten Augen, das alles barg eine Arroganz in sich, wie ich sie in dieser Dichte nie zuvor erlebt hatte. Ich verliebte mich alle dreißig Sekunden neu und beneidete all jene, die alt genug waren, ihr Äußeres und damit ihre Würde frei von elterlichen Zwängen zu gestalten. Gleichzeitig fühlte ich mich seltsam ergriffen. Denn, hey, wir waren *dabei*, waren sozusagen im Schatten der Unsterblichkeit positioniert.

Daß wir wegen eines Konzerts hierhergekommen waren, hatte ich komplett vergessen, und meinen Begleitern schien es nicht anders zu gehen. Wir befanden uns, auch ohne musikalische Beschallung, bereits auf dem Gipfel der Seligkeit. Unser eigentliches Vorhaben kam uns erst wieder in den Sinn, als sich die Gesprächsfetzen zweier vorbeitorkelnder Wahlberechtigter in unsere Gehörgänge schoben.

»Sieben Mark woll'n die haben, die verdammten Kommerzschweine«, lamentierte ein übergewichtiger Bouncer, dessen Jacke mit den silberglänzenden Kappen von Einwegfeuerzeugen geschmückt war.

»Sieben Mark?!« ereiferte sich sein nicht minder adipöser Begleiter, wobei er es nicht versäumte, Melzer kraft seiner Kilos aus dem Gleichgewicht zu bringen. »Dafür hol' ich mir lieber noch 'ne Flasche *Küstennebel*.«

Ohne Zweifel wurden hier die Eintrittspreise diskutiert.

Nun erschienen mir persönlich sieben Mark nicht wirklich überzogen; erst recht nicht für eine Band von der Insel. Immerhin kostete damals eine Langspielplatte schon an die zwanzig Mark. Aber diesen Gedanken getraute ich mich nicht zu äußern, da ich das Gehörte augenblicklich als unverbrüchlichen Glaubenssatz begriff.

Melzer zeigte sich in dieser Hinsicht weit weniger empfindlich.

»Scheint so, als ob der Einlaß schon begonnen hätte«, verkündete er vorlaut, während er sich zwei Zentiliter Bier von der Hose wischte.

»Na, dann mal los«, befahl Achmed Vornefett.

Anscheinend fühlte sich keiner meiner Freunde bemüßigt, den »Kommerzschweinen« die kalte Schulter zu zeigen. Das taten dafür andere. Vor dem Eingang, der von Mitgliedern des örtlichen Rockerclubs *MC Bluterguß* kontrolliert wurde, hatte sich eine aufgebrachte Menge positioniert, die die Preispolitik der Veranstalter einer lautstarken Kritik unterzog.

Die sonnenbrillenbewehrten Biker hatten sich einiges anzuhören; ebenso die wenigen, die sich dem Volkszorn widersetzten und wagemutig Einlaß begehrten. Es sah nicht nach offener Rebellion aus. Dafür wirkten die Kuttenträger, die sich vorausschauenderweise mit Fahrradketten bewaffnet hatten, dann doch zu disziplinierend. Aber aus den hinteren Reihen flogen bereits erste Flaschen gegen das verputzte Gemäuer, und so verlangsamten wir unsere Schritte, um in nichts verwickelt zu werden, was den Abend vorzeitig hätte beenden können.

»Ja also, das sieht, äh ... na ja«, sagte Melzer mit ängstlichem Gesichtsausdruck.

Ein Befund, der mir stimmig erschien. Mit Sicherheit war es ratsam, erst einmal abzuwarten, welchen Lauf die Dinge nehmen würden.

Ich schickte mich an, einen entsprechenden Vorschlag zu formulieren. Aber Achmed Vornefett kam mir zuvor.

»Scheiße, ich bin doch nich' hierhergekommen, um mir die Bierbäuche alternder Motorradfahrer anzugucken. Ich will die Band seh'n«, sagte er. Und dann drängte er (War es der Apfelkorn? War es das Bier? War es jugendliche Unbekümmertheit?) unvermittelt nach vorn und begann sich mit dem Ausruf »Platz da, wir sind vom Roten Kreuz!« einen Weg durch die Menge zu bahnen.

In seinem Kielwasser wurden auch Melzer und ich durch den Volkszorn gespült, der uns wundersamerweise unversehrt passieren ließ, wenn er sich die ein oder andere Schmähung auch nicht versagen mochte.

»Geht kacken, ihr Hippievotzen!« brüllte jemand.

Andere Stimmen forderten uns auf, umgehend in den Kindergarten oder zu Muttis großen Pfirsichen zurückzukehren. Aber da waren wir schon an der Kasse und schoben unser Silbergeld über den Tisch. Kein Problem also, einen »Stinkefinger« zu riskieren, wenn auch zur Sicherheit in Hüfthöhe.

Der vor der Tür herrschenden Verweigerungsstimmung zum Trotz war der an einen Luftschutzbunker erinnernde Innenraum bestens gefüllt. Und vielleicht war in diesem Umstand ja die eigentliche Ursache für die »hohen« Eintrittspreise zu suchen. Hätten nämlich auch noch diejenigen Einlaß gefunden, die draußen ihren Unmut kundtaten, wäre es ganz sicher zu Szenen gekommen, wie sie sich alle Jahre wieder in südamerikanischen Fußballstadien abspielen. So aber war gerade noch genug Platz, um eine Kippe zum Mund zu führen, ohne dem Vordermann Brandwunden zuzufügen, und auch das Biertrinken ging einigermaßen gelenk von der Hand. Vornefett hatte das mittlerweile unverzichtbare Getränk, das wohlweislich in Plastikbechern verkauft wurde, ungefragt herbeigeschafft, kaum daß wir den Saal betreten hatten.

Während wir den Gerstensaft in unsere Kehlen überführten und an den *Benson & Hedges* zogen, die Melzer feilgeboten hatte (wobei wir uns bemühten, wie alte Konzerthasen auszusehen, die schon so manchen Hörsturz hinter sich gebracht hatten), erschien die Vorband auf der Bühne. Eine Combo aus heimischen Gefilden namens *Annual Error*, von der ich nur noch den Frontmann erinnere, einen skelettierten Skinhead mit der Zahnsubstanz eines Bethelsüchtigen.

Es gab eine kurze Ansage, irgendwas, das so klang wie »Fickt euch, ihr verfickten Fickvotzen!«. Dann brach ein Soundgewitter aus den Boxen, wie ich es bis dahin noch nicht gehört hatte.

Umgehend geriet die Menge in Bewegung, und so hatte sich das mit dem entspannten Biertrinken erst mal erledigt. Hastig kippten wir das, was in unseren Bechern noch verblieben war, hinunter. Dann versuchten wir unseren Standort, so gut es ging, gegen die wogende Masse zu verteidigen.

»Scheiße Mann, da prügeln sich welche!« schrie Vornefett plötzlich und wies mit dem Finger vor die Bühne, wo sich ein vergleichsweise leerer Raum gebildet hatte, in dem eine Handvoll Menschen tatsächlich miteinander zu raufen schien.

»Quatsch!« schrie ich zurück. »Das ist bloß Pogo!«

»Wer?« Vornefett sah mich verwirrt an.

»Pogo. Ein *Tanz*!«

Eine echte Bondagehose und einen Beinah-Iro, aber keinerlei Ahnung von den kulturellen Gepflogenheiten. Fast hätte ich mich ins Getümmel gestürzt, um dem Ignoranten meine Überlegenheit auch in der Praxis unter Beweis zu stellen, als zwei Reihen vor uns eine echte Schlägerei ausbrach. Wenn ich das richtig zu deuten verstand, war einem alkoholisierten Mitbürger im Getümmel die Billiglederjacke zerrissen worden, und nun erhielt der Verursacher dieses Sakrilegs seine verdiente Strafe in Form einer kostenlosen Nasenkorrektur.

Vornefett, der das Geschehen gebannt verfolgte, stieß mich an.

»Geiler Tanz, dieser Pogo!« schrie er.

Aber da waren die beiden Kontrahenten schon dabei, sich ebenso bierselig wie blutend zu verbrüdern.

Die Band, die sich von dem kurzen Zwischenfall nicht weiter hatte beeindrucken lassen, war unterdessen dazu übergegangen, ihren zweiten Song zu präsentieren. In meinen Ohren unterschied er sich von seinem Vorgänger nur minimal. Aber das hielt das Auditorium nicht davon ab, seine Aktivität noch zu steigern. Bald drohten die ersten Ellenbogen ihren Weg in unsere Gesichter zu finden, und so hielten wir es für geboten, uns ans Ende des Raums zurückzuziehen.

Das hatte gleich zwei Vorteile. Erstens war hier der Großteil der weiblichen Zuhörerschaft versammelt, zweitens lag die improvisierte Theke in Reichweite. Klar, daß Vornefett umgehend neue Erfrischungen organisierte. Ebenso klar, daß er, als auch die zur Neige gegangen waren, noch einmal loszog.

Wir hatten also auch auf den hinteren Rängen ein vergnügliches Auskommen, zumal alles, was wir wahrnahmen, neu und aufregend war. Dumm nur, daß ich irgendwann so ein unangenehmes Kitzeln im Rachen verspürte.

Gerade noch hatte ich eine Sexgöttin zu meiner Linken auf die Laufmaschen in ihrer Netzstrumpfhose hinweisen wollen, als mit einem Mal mein Mageninhalt ans Tageslicht drängte. Ich konnte mich noch abwenden, dann schossen der Apfelkorn, das Bier und die Königsberger Klopse, die es zum Abendbrot gegeben hatte, auch schon mit Hochdruck ins Freie.

»Ey, kannst du nicht aufpassen, du Penner?!« schrie die Sexgöttin und kippte mir irgendwas Flüssiges in den Nacken.

Gut möglich, daß ein paar Spritzer Halbverdautes ihr gegenüber aufdringlich geworden waren. Überprüfen konnte ich das nicht. Ich hatte genug mit diesem Schwindel zu schaffen, der seit kurzem meine Denkzentrale bewohnte. Da war wohl bei der körpereigenen Verarbeitung der Alkoholika irgend etwas schiefgelaufen. Die Erinnerung an ebendiese Alkoholika genügte, um dem Brechreiz ein beeindruckendes Comeback zu ermöglichen.

Melzer, der mich fürsorglich bei den Schultern gepackt hielt, schlug vor, mich an die frische Luft zu begleiten. Vornefett bot an, mir ein neues Bier zu besorgen. Ich hielt mich an Melzer. Und siehe da: Kaum daß wir das schlecht belüftete Bunkerimitat verlassen hatten, begann ich mich auch schon besser zu fühlen. Demgemäß schien es nicht länger nötig, die selbstlose Hilfe meines getreuen Banknachbarn in Anspruch zu nehmen. Ich wandte mich um, um ihn mit den Worten »Geh ruhig wieder rein, Alter« zurück zum Konzert zu schicken. Aber Melzer war nicht mehr hinter mir. Ich entdeckte ihn fünf Meter entfernt, vornüber an eine Mauer gelehnt, wo er anscheinend innegehalten hatte, um seine Schuhe mit einer

Flüssigkeit zu imprägnieren, die, da sie aus seinem Mund herausgesprudelt kam, unschwer als das zu identifizieren war, was Bukowski oft genug mit dem unschönen Ausdruck »Kotter« betitelt hat.

Nur verständlich, daß auch ich mich noch einmal erleichtern mußte. Als ich mich wieder in der Gewalt hatte, war die Rolle der barmherzigen Schwester auf mich übergegangen.

»Geht's wieder?« fragte ich, Melzer nun meinerseits bei den Schultern haltend.

»Ja, ja«, stöhnte der und zwang sich ein grimmiges Lächeln ins gebleichte Gesicht. Er sah aus wie ein Ku-Klux-Klan-Anhänger, dessen Kapuze vorm Überziehen zum Abwischen des eigenen Darmausgangs benutzt worden war.

»Tja, woll'n wir dann ... woll'n wir wieder rein?« fragte ich, wobei ich zugegebenermaßen auf Melzers Schwäche, also auf eine negative Antwort spekulierte.

Mein Banknachbar tat mir diesen Gefallen nur bedingt.

»Nee, ich glaub', ich atme noch 'n bißchen durch. Aber geh *du* nur. Ich komm' schon klar.«

»Auf gar keinen Fall«, protestierte ich. »Ich lass' doch 'nen Kumpel nich' im Stich.«

»Tja, dann.« Melzer warf mir einen bekümmerten Blick zu.

Gerade drangen die ersten Akkorde von »Warhead« nach draußen. Es war an mir, den Dingen die notwendige Richtung zu geben.

»Vielleicht sollten wir einfach ...«

»Ja?«

»Ach, vergiß es.«

»Nee, sag ruhig.«

»Na, vielleicht sollten wir Richtung Heimat, also ... *abhau'n.*«

Melzers Ja klang so erleichtert, als ob man ihm gerade die Entlassung aus der Sicherheitsverwahrung angeboten hätte.

»Aber bitte nicht mit dem Bus«, fügte er hinzu.

Natürlich nicht mit dem Bus. Völlig *unmöglich,* jetzt mit dem Bus zu fahren. Das unerträgliche Geschaukel, das ewige Stoppen und Anfahren – das war vielleicht etwas für altgediente Seebären, aber nichts für sensible Patienten wie uns. Also zu Fuß.

Wir riskierten ein paar vorsichtige Schritte und kamen tatsächlich *vorwärts*. Immerhin ...

Dennoch war der Unterschied frappant. Hatten wir uns auf dem Hinweg noch gefühlt wie plündernde Wikinger in den rauchenden Trümmern eines irischen Klosters, glichen wir nun eher Wikingern mit frischen Kriegsverletzungen, die von gut organisierten irischen Mönchen gehörig ins Knie gefickt worden waren.

Müßig zu erwähnen, daß wir des öfteren einen Boxenstopp einlegen mußten, um schadstoffverseuchten Bonsaihecken mit dem wenigen, was unsere Mägen noch hergaben, die Lebensdauer zu verkürzen.

Als wir schließlich die Stelle erreichten, an der sich unsere Wege trennen würden, hatten wir nur noch die Kraft für eine knappe Verabschiedung.

»Geiler Abend«, röchelte Melzer.

»Aber hallo«, röchelte ich.

Dann schlurfte jeder in seine Richtung davon.

Zum Glück hatte ich es ab da nicht mehr weit. Ein paar Minuten noch, dann würde ich selig ins Bett fallen. So dachte ich zumindest.

Doch zu Hause wartete weiterer Unbill auf mich. Noch während ich mit vor Schwäche zitternden Fingern versuchte, den Schlüssel ins Schloß zu stecken, ging wie von Geisterhand die Flurbeleuchtung an. Dann öffnete sich, nicht weniger magisch, die Tür, und ich hatte zwei empörte Gesichter vor mir, die ich ohne Schwierigkeiten den Angehörigen meiner Kleinfamilie zuzuordnen vermochte.

Mein Alter startete den Motor ohne Vorglühen.

»Junge, bist du wahnsinnig, deine Mutter und mich so in Sorge zu versetzen?! Wo hast du dich bloß rumgetrieben? Dieser Theaterabend muß doch schon vor Stunden zu Ende gegangen sein.«

Meine Mutter interessierte sich mehr für mein Äußeres. Angewidert starrte sie auf die liebevoll von eigener Hand gestalteten Lumpen, die ich bisher vor ihrem kritischen Auge hatte verbergen können und die nun zu allem Überfluß auch noch unverkennbare Spuren von Erbrochenem aufwiesen.

»Was hast du nur mit deinen Haaren gemacht? Und warum trägst du diese Verkleidung? Wo sind denn deine *eigenen* Sachen? Du siehst aus wie ein Obdachloser. Und getrunken hast du auch! Das riech' ich doch.«

Ich hatte für all diese Vorwürfe natürlich keinerlei Erklärung parat. Also behalf ich mich mit der Wahrheit.

»Mir ist kotzelend«, stammelte ich. Dann torkelte ich in mein Zimmer, wo ich mich ermattet auf die Schlafstatt fallen ließ.

Dem Strafgericht war ich damit fürs erste entgangen. Auch wenn meine Mutter, während sie mir die Jeans auszog, naturgemäß noch ein wenig herumlamentierte und mein Alter, der mit einem Plastikeimer angerückt kam, es nicht versäumte darauf hinzuweisen, daß dieser Abend ein Nachspiel haben würde.

Aber irgendwann war auch das überstanden. Das Licht wurde gelöscht. Und ich hatte nur noch mit diesem Karussell zu kämpfen, das komischerweise immer dann an Fahrt gewann, wenn ich die Augen zu schließen versuchte. Tja, Charly Harper und Nicky Garrat hatte ich nun unwiederbringlich verpaßt. Egal. Echte Punkrocker standen ohnehin nicht auf Kommerzschweine.

Backfischblues

(in der unmittelbaren Bezugsgruppe)

Natürlich war es das größte Konzert aller Zeiten gewesen. Natürlich hatten die *Subs* ihrem Publikum literweise Blut und Speichel überlassen und mindestens zwei Stunden lang Zugaben gespielt. Aber das waren längst nicht die deprimierendsten Nachrichten, die uns aus Vornefetts süßlich lächelndem Sprachbullauge erreichten. Neben dem musikalischen Jahrtausendereignis hatten Melzer und ich etwas weitaus Entscheidenderes verpaßt. Vornefett hatte ein Mädchen kennengelernt. Ein Mädchen! Mann! Ich zündete mir vor Entsetzen die Zigarette am Filter an, nachdem uns der Gebenedeite in der ersten großen Pause von diesem Mysterium in Kenntnis gesetzt hatte.

Melzer wirkte nicht minder schockiert. Und so blieb es Properski überlassen, die nach den geltenden Konversationsregeln vorgeschriebene Frage zu formulieren.

»Wie sieht sie denn aus?«

»Na, wie Punkbräute eben aussehen. Überirdisch.«

Jetzt wußte auch Properski nichts mehr zu sagen.

»Hey, ihr glaubt mir wohl nich'?!« ereiferte sich Vornefett. »Aber ich will großzügig sein und sie euch vorstell'n. Sie hat mich am Samstag zu 'ner Party eingeladen. Und ihr drei Hengste kommt natürlich mit.«

Mir war nur allzu klar, daß meine Erziehungsberechtigten dieses Vorhaben nicht gutheißen würden. Zwar hatte ich versucht, ihre Vorwürfe in bezug auf meinen desolaten Zustand beim Nachhausekommen damit zu erklären, daß es sehr *moderne* Theatergruppen gewesen wären, die da in unserer Schule Einkehr gehalten hätten; Theatergruppen also, die es für unerläßlich hielten, ihr Publikum in das Geschehen mit einzubeziehen. Aber dann hatte meine Emm durch Zufall die Mutter einer Mitschülerin getroffen und herausgefunden, daß es gar keinen Theaterabend gegeben hatte, womit sich der kleine diplomatische Zwischenfall zu einer ausgewachsenen Krise entwickelte.

Nein, eine Party würde mir die Führungsetage in dieser angespannten Situation weiß Gott nicht genehmigen. Also fragte ich erst gar nicht.

Wieder trafen wir uns bei Vornefett. Wieder waren wir nur zu dritt, da Properski seinem Vater beim Anlegen einer Schwitzhütte zur Hand gehen mußte.

Aus verständlichen Gründen hatten wir unsere Zusammenkunft diesmal auf den frühen Nachmittag gelegt. Und so galt es, bis zum eigentlichen Höhepunkt des Tages noch eine gehörige Portion Zeit zu kompostieren. Zum Glück hatte Vornefett bereits ein Programm ausgearbeitet.

»Wir gucken Bruce-Lee-Videos und trinken Bier dazu«, sagte er, während er seinem Bettkasten drei Sechserträger *Beck's* entnahm.

Biertrinken also. Nun ja. Eigentlich hatte ich mir nach meiner Begegnung mit dem Apfelkorn fest vorgenommen, dem Konsum alkoholhaltiger Getränke bis auf weiteres zu entsagen. Eins allerdings hatte ich bei diesem Vorsatz nicht bedacht: nämlich die Tatsache, daß ich Punkrocker war. Und hey: Punkrocker *mußten* Bier trinken. Sie hatten ja sonst nicht viel zu tun. Also nahm ich die mir angebotene Dose widerspruchslos entgegen, nur um nach kurzer Zeit festzustellen, daß ihr Inhalt durchaus bekömmlich, ja regelrecht wohltuend daherkam.

Nach dem dritten *Beck's* gewann sogar Bruce Lee an Faszination. Und als irgendwann die Stunde des Aufbruchs schlug, fand ich es beinahe bedauerlich, daß mir das Ende der »Todesgrüße aus Shanghai« nun versagt bleiben würde. Immerhin fühlte ich mich mittlerweile selbst wie ein Großmeister.

Meinen Freunden schien es nicht anders zu gehen. Nachdem wir Vornefetts Frau Mama, die es sich bei einer Flasche Eierlikör auf dem Diwan bequem gemacht hatte, Adieu gesagt hatten, begannen wir schon im Treppenhaus verschiedene Kampfszenen nachzuspielen, wobei sich besonders Melzer hervortat, der mir unter wildem

»Hoiiijooa«-Geschrei unabsichtlich in den Solarplexus trat. Das hätte uns Mahnung genug sein müssen. Aber Unvernunft ist das Vorrecht der Jugend, und so unterbrachen wir unsere Mätzchen auch dann nicht, als wir zwei Straßenbahngleise zu überqueren hatten, die von einem metallenen Gitter getrennt wurden.

Vornefett wollte das Hindernis mit einem Sprung überwinden, der nebenbei das Ziel verfolgte, mit dem ausgestreckten rechten Bein haarscharf an Melzers Kopf vorbeizurauschen. Dummerweise verschätzte er sich dabei, blieb mit einem Fuß an der Kante hängen und schlug mit der Stirn voran auf die Schienen. Das allein wäre noch nicht dramatisch gewesen, hätte sich bei der Aktion nicht einer seiner Schnürsenkel in der Absperrung verfangen, deren plötzliches Vibrieren das Herannahen einer Straßenbahn signalisierte.

Hektisch begann alles, an dem Problem herumzufingern. Aber in der Aufregung wollte sich der Senkel nicht lösen lassen. Und da bog auch schon die Bahn um die Kurve, deren Triebwagen pikanterweise die Endhaltestelle Krematorium in der Anzeige führte.

»Oh Gott, ich sterbe! Ich sterbe!« brüllte Vornefett, wobei er in der Luft herumplanschte wie ein im Fußeisen gefangener Grizzly.

Wer weiß, was geschehen wäre, wenn Melzer sich nicht seiner praktischen Veranlagung besonnen hätte.

»Zieh den Fuß raus!« rief er plötzlich und hatte den verunglückten Kung-Fu-Pantomimen schon bei den Hüften gepackt.

»Was?« schrie Vornefett panisch zurück. Seine Stimme klang, als ob er Helium geatmet hätte.

»Zieh den Fuß aus dem Schuh!«

Das war die Lösung. Vornefett tat wie ihm geheißen, schlüpfte aus dem internierten Springerstiefel und ließ sich von Melzer und mir auf den rettenden Grünstreifen zerren. Keine zwei Sekunden später preschte, begleitet von enervierendem Geklingel, die Bahn an uns vorbei.

Nur gut, daß wir die verbliebene Hälfte des letzten Sixpacks als Wegzehrung mit uns führten. Nach diesem Zwischenspiel hatten wir eine Stärkung bitter nötig.

»Barmherzige Mutter Gottes, das war knapp«, keuchte Melzer, während er die Büchsen austeilte.

Vornefett klapperte dazu im Stil eines Doublebass-Spielers mit den Zähnen. Als er des Sprechens wieder mächtig war, fiel ihm nichts Besseres ein, als die Vorsehung zu preisen, die ihn seine Stiefel seit neustem unverschlossen tragen ließ.

»Die trag' ich jetzt immer so. Bis an mein Lebensende trag' ich die so«, krähte er, von der Adrenalindividende scheinbar um das letzte bißchen Verstand gebracht.

Ich unterließ es, ihn darauf hinzuweisen, daß genau diese modische Marotte die mißliche Lage erst hervorgerufen hatte. Ich wollte die Freude nicht trüben. Zumal ja noch seine Dankesrede ausstand.

»Kameraden, ihr habt mir das Leben gerettet«, begann er dann auch. »Ihr habt der Nation, ihr habt Deutschland einen unschätzbaren Dienst erwiesen. Ich werde eure verpickelten Ärsche in Gold aufwiegen lassen ...«

»Aber vorher geh'n wir deine Alte angucken«, unterbrach Melzer.

»Selbstverständlich. Ihr habt euch einen Blick auf dieses Heiligtum der Wollust mehr als verdient.«

Hätte er gewußt, wie dieser Blick ausfallen würde, er hätte seinen bestrumpften Fuß vielleicht zurück in den Stiefel gesteckt und auf die *nächste* Bahn gewartet.

Die Festivität sollte in einer Kleingartenkolonie stattfinden. Wo genau, das wußte Vornefett nicht. Seine Eroberung, die – soviel hatte er uns schon verraten – den Namen Ariane trug, hatte ihm gesagt, er solle vor Ort einfach der Musik folgen.

Als wir den Schrebergarten, genauer gesagt einen vor dem Eingang gelegenen Kinderspielplatz, erreichten, war allerdings kein Laut zu vernehmen. Dafür entdeckten wir bei den Schaukeln ein ineinander verschlungenes Pärchen, dessen wüste Aufmachung auf Insiderwissen schließen ließ.

»Tschuldigung, wißt ihr, wo's zu dieser Party geht?« erkundigte sich Vornefett, nachdem wir uns den beiden auf etwa drei Meter genähert hatten.

Die Angesprochenen unterbrachen ihre Zahnpflege und gaben den Blick auf ihre Gesichter frei. Während der Typ eher genervt aussah, präsentierte die Braut ein Lächeln, das ihr im Werbefernsehen ein lebenslanges Auskommen gesichert hätte. Sie hatte sich die kurzen Haare blauschwarz gefärbt und war bis auf die dunkelrote Schußwunde zwischen Nase und Kinn bleich wie ein aufgebahrter Camorrafürst; mit anderen Worten: eine Schönheit, für deren Starschnitt ich ohne zu zögern mein Augenlicht gegeben hätte. Leider galt ihr Lächeln nicht mir, sondern Vornefett. Tja, scheinbar hatte er wirklich Schlag bei den Frauen.

»Hey, geil, daß du gekommen bist«, sagte sie, immer noch auf unseren Don Juan fixiert, mit einer Stimme so rauchig wie ein sekundenaltes Flugzeugwrack. »Die Party ist auf der anderen Seite. Ihr geht den Weg da bis zum Ende. Dann hört ihr's schon.« Kaum daß sie geendet hatte, griff sie sich den Kopf ihres Begleiters und gönnte ihm erneut den beneidenswerten Kontakt mit ihrer Zunge. Die Audienz war zu Ende.

Melzer und ich hatten uns schon zum Gehen gewandt, als wir gewahr wurden, daß Vornefett sich nicht von der Stelle rührte. Er verharrte vor dem Pärchen wie ein Gerichtsmediziner vor seiner ersten Wasserleiche. Melzer zog ihn am Ärmel.

»Komm, Alter, das is' keine Peepshow hier.«

»Was? ... Ja, ja.« Widerwillig ließ sich Vornefett abführen.

»Oh Gott, war die lecker«, entfuhr es mir, während wir an penibel gepflegten Gemüsebeeten vorbei in die angewiesene Richtung trabten.

Melzer gab mir überschwenglich recht. Vornefett dagegen wirkte seltsam mißmutig.

»Sieht diese Ariane auch so aus?« versuchte ich ihn aufzumuntern.

»Halt bloß die Fresse, Mann! Das *war* Ariane.«

»Oh«, war alles, was mir dazu einfiel.

Melzer schien die Tragweite der Situation nicht ganz so schnell zu erfassen.

»Was denn, die Superschnitte?! Das is' ja der absolute Wahnsinn. Oder ... doch nich'?« Betreten blickte er zu Boden.

»Und jetzt?« wollte ich wissen.

»Jetzt geh'n wir uns besaufen«, brachte Vornefett zwischen zusammengepreßten Lippen hervor, wobei er aussah, als ob er lieber einen Faustkampf vom Zaun gebrochen hätte.

Es war der »1,7-Promille-Blues« von *Slime*, der uns den letzten Hinweis auf die Feierlichkeiten lieferte. Für Vornefetts Vorhaben zweifellos ein gutes Omen.

Die Parzelle sah aus wie jede andere, mit dem kleinen Unterschied, daß sie von etwa dreißig Gestalten bevölkert wurde, die man sich beim Rasenmähen oder Unkrautjäten nur schwerlich vorstellen konnte.

Unser Erscheinen rief keinerlei Aufregung hervor. Nachdem wir das Gartentor durchschritten hatten, wurden wir kurz gemustert, dann widmeten sich die Anwesenden wieder ihren Getränken. Vornefett wies mich an, auch für uns etwas Flüssiges zu besorgen.

Ich sah mich um, konnte aber keine alkoholspendende Quelle entdecken. Also beschloß ich, mein Glück in der Hütte zu versuchen, die den Mittelpunkt der Parzelle bildete. Hier erwartete mich etwas, das andernorts vielleicht mit dem Begriff »kaltes Buffet« bezeichnet worden wäre: eine Plastikschüssel voller Nudelsalat und zwei schwermütige Fladenbrote. Bier oder ähnliches war nicht zu sehen.

Während ich den Blick noch schweifen ließ, trat eine Braut neben mich, die mir an Jahren die entscheidende Kleinigkeit voraus war. Ihr Haar hatte sie zu sieben betonharten Stacheln geformt, die, hätte es sich dabei um feststehende Klingen gehandelt, auf Grund ihrer Länge unter das Waffengesetz gefallen wären. In der Nase trug sie ein Stück Metall, von dem eine Kette zu ihrem linken Ohr reichte, das mit mindestens fünfzehn Ringen durchstochen war.

»Was issen das für 'n Schweinefraß?!« sagte sie, griff mit der bloßen Hand in die Plastikschüssel und schmierte das, was sie dabei zutage förderte, auf meine linke Schulter. Dann verschwand sie wieder, nicht jedoch ohne ihren Abgang mit einem denkwürdigen Kompliment zu würzen: »Votzt ja wie 'ne Eins, deine Jacke!«

Kurzfristig änderte ich meine Pläne und begab mich auf die Suche nach etwas, mit dem ich mir den Glibber abwischen konnte. Dabei öffnete ich einen der Hängeschränke und stieß unverhofft auf eine verstaubte Flasche, deren selbstgefertigtes Etikett den Inhalt als Schlehenschnaps des Jahrgangs 76 auswies. Zur Beseitigung des Nudelsalats mußte einer der rotkarierten Fenstervorhänge herhalten.

Mit meinem Fund im Gepäck kehrte ich zu Melzer und Vornefett zurück, die sich auf dem Rasen niedergelassen hatten.

»Mensch, scheiß doch auf die Schnalle«, sagte Melzer gerade. »Vorhin hat nicht viel gefehlt und du wärst tot gewesen.«

»Ja, aber ihr Arschlöcher habt mich ja retten müssen«, kam es verbittert zurück.

Ich fühlte, daß ich hier überflüssig war. Also händigte ich den beiden die Flasche aus und entfernte mich wieder. Vielleicht konnte ich ja doch noch Bier auftreiben.

Ich war keine drei Meter weit gekommen, als ich mit einem Mädchen zusammenstieß, das eine opulente Schlagseite an den Tag legte. Wie sich zeigen sollte, hatte ich es mit der Gastgeberin zu tun.

»Wer biss'n du?« lallte sie.

»Äh, Fleisch«, sagte ich, weil ich eine gute Gelegenheit gekommen sah, meinen selbstgewählten Spitznamen einmal in der Öffentlichkeit auszuprobieren.

»Wa?«

»Vergiß es.«

Das Mächen hatte ohnehin ein neues Thema gefunden.

»Gu...uck ma«, sagte es und zeigte mir seinen Unterarm, der von Schnitten älteren und neueren Datums in ungleichmäßige Rechtecke aufgeteilt worden war.

Ich wußte nicht recht, was ich darauf zu sagen hatte. Aber meine Gesprächspartnerin ersparte mir die Antwort.

»Gleich komm' mein Fr...eund«, fuhr sie fort. »Der wama ji...jizzowren. Heut' isser aussem Knast entlassen wor'n.«

»Oh, weswegen war er denn drin?« fragte ich, obwohl ich die Antwort gar nicht hören wollte.

»Na, wehen ... wehen Köppa...fa...lezzung, wa. Die Paatie is' fü' ihn, weissu.«

»Schön«, log ich und entsann mich meines eigentlichen Vorhabens. »Aber es gibt nichts mehr zu trinken, oder?!«

»Nee, sutrinken gibs nix mehr.«

Das war alles, was ich wissen mußte. Ich entschuldigte mich mit dünnen Worten und begab mich zu meinen Freunden.

»Hey, laßt uns abhau'n«, schlug ich vor.

»Niemals. Bin noch nicht voll«, entgegnete Vornefett, den Blick starr auf die halbleere Flasche gerichtet.

Ich sah zu Melzer. Er zuckte hilflos mit den Schultern.

Beim Verlassen des Kleingartens riskierte ich einen Blick Richtung Schaukel. Von Ariane und ihrem Galan war nichts mehr zu sehen. Wahrscheinlich waren sie nach Hause gegangen, um das, was sie begonnen hatten, im Liegen fortzusetzen.

Tja, der arme Vornefett war wirklich zu bedauern. Ich dagegen hatte auf der Party die Bekanntschaft von zwei Frauen gemacht, die mindestens »interessant« zu nennen waren. Das würde das allabendliche Ritual des Masturbierens in nächster Zeit auf jeden Fall erträglicher gestalten.

Tanz den enthemmten Mantafahrer

Bier war das verbindende Element, die vermeintlich sinnstiftende Ware, mit deren Hilfe es möglich wurde, der nachmittäglichen Eintönigkeit jederzeit den gelifteten Arsch aufzureißen.

Sobald sich die ersten Rabauken am Lesepavillon eingefunden hatten, dauerte es für gewöhnlich keine fünf Minuten, bis irgendwer zur Kollekte bat. Mit den paar Mark, die so zusammenkamen, ging es geschlossen zu einer nahegelegenen Tankstelle der Firma *Esso*. Hier wachte ein äußerst mißtrauischer Kleinwüchsiger über die feilgebotenen Konsumgüter, den es ein ums andere Mal zu überlisten galt. Während diejenigen Mitglieder des Expeditionscorps, deren Körperbau den größten Sichtschutz bot, zwei oder drei der in meiner Heimatstadt gebräuchlichen Zehnerträger für bares Geld erwarben, hatte sich der Rest der Meute soviel Bier als möglich unter die Jacken zu stecken.

Zurück im Park, ging es dann in zügigem Gleichtakt an die Defloration der erbeuteten Flaschen. Und das war sie dann auch schon, die Freizeitbeschäftigung der aufsässigen deutschen Jugend. Sicher, hin und wieder wurden Passanten lautstark daran erinnert, daß es in ihrer vermeintlich klinischen Umwelt auch noch so etwas wie Fäkalsprache gab. Manchmal kamen Polizeibeamte auf einen Sprung vorbei, die den ein oder anderen nach seinem Personalausweis fragten oder die gesamte Mannschaft zwangen, den Gehweg zu säubern. Aber das waren die seltenen Höhepunkte. Normalerweise tastete man sich gemütlich in den Rausch hinein, unterhielt sich über Belanglosigkeiten und teerte sich gründlich die Luftröhre. Bis dann schließlich die erste Ration Gerstensaft der Vernichtung anheimgefallen war und es Zeit wurde, sich um Nachschub zu kümmern. Dafür war es natürlich notwendig, weiteres Geld zu beschaffen, und so schwärmte alles aus, um sich einer Tätigkeit zu widmen, deren parasitärer Sinn durch die Bezeichnung »Schnorren« nur dürftig verbrämt wurde.

»Haste vielleicht ’n paar Groschen?« war die für diese sanfte Form der Wegelagerei gebräuchliche Formulierung, die auf Nachfrage jederzeit um die Sequenz »Äh, zum Telefonieren« erweitert werden konnte. Traf der Schnorrer allerdings auf eine dieser gutmütigen älteren Damen, wie sie häufig in Kinderbüchern beschworen werden, war es unerläßlich, den Vortrag zu verändern. Denn hier waren mit ein wenig Geschick schnell ein paar Silberstücke, bisweilen sogar Scheine zu verdienen. »Portemonnaie verloren« – »Und da war ja noch die Zugfahrkarte drin« – »Weiß gar nicht, wie ich jetzt nach Hause kommen soll« – »Ich wohne ja draußen in Vechelde, zusammen mit meiner zuckerkranken Mutter« – »Nee, die Spritzen bekommt sie immer von mir« – »Sie ist ja halbblind« – so sahen die Eckpunkte einer gewinnträchtigen Rezitation in etwa aus.

Keine Frage, daß sich besonders der Nachwuchs ins Zeug legte, war das Schnorren doch eine der wenigen Möglichkeiten sich auszuzeichnen. Insbesondere Jörn Melzer tauchte regelmäßig in den Topscorerlisten auf. Er konnte von charmanter Direktheit bis zu anrührender Hilflosigkeit jede nur erdenkliche Stimmungslage abrufen, wobei gerade die letzte Variante mütterliche Regungen in einer Fülle zu wecken vermochte, wie es ansonsten gerade noch einem ausgesetzten Mischlingswelpen gelingt. Hatte ich zwei Mark sechzig zusammen, knisterte bei ihm garantiert schon der erste Schein in der Hosentasche.

Im nachhinein mag es dämlich erscheinen, daß wir unsere Erträge jedesmal der Gemeinschaftskasse zuführten, ohne etwas abzuzweigen. Aber wir waren einfach zu stolz auf unsere Leistungen, sehnten uns zu sehr nach Anerkennung, um unsere Jagdbeute eigenen Interessen zuliebe beschneiden zu können.

Hatten wir genug beisammen, ging es erneut zum *Esso*-Zwerg, der, wenn er unser Nahen rechtzeitig bemerkte, schnell die Tür abschloß, um uns gefahrlos durch die Luke bedienen zu können, die normalerweise erst nach zweiundzwanzig Uhr zum Einsatz kam. Protestieren nützte wenig, denn für Punks galten bestimmte Grundrechte nur eingeschränkt. Das hatte auch der Zwerg schon mitbekommen.

Wieder im Park, begann dann des Umtrunks zweiter Teil, an den sich nach einer weiteren Periode der Finanzbeschaffung nicht selten ein dritter anschloß. Da die Jugend-Mannschaft auch und gerade beim Trinken keine Schwäche zeigen wollte, verging kaum ein Tag, an dem ich nicht mindestens beschwipst nach Hause kam. Emm und Pe lagen dann meist schon im Bett. Dafür warteten vorwurfsvolle, auf Papier gebannte Botschaften auf mich, deren vielfältig variierter Inhalt sich durchgängig auf einen Satz reduzieren ließ: »Junge, wenn das so weitergeht, wirst du noch in der Gosse enden.« Eine Drohung, die ihre Wirkung insofern verfehlte, als sie meinen damaligen Zukunftsplänen eins zu eins entsprach. Wenigstens ermöglichte diese neue Form der Kommunikation es meinen Eltern, ausreichend Schlaf zu tanken. Es sei denn, ich war zu betrunken, um meine Springerstiefel aufzuknoten. In diesen Fällen kam ich nicht daran vorbei, meinen Alten um Hilfe zu bitten, der die Gelegenheit natürlich nicht ungenutzt verstreichen ließ.

»Wenn du wüßtest, was du deiner Mutter antust«, klagte er mich an, während er schlaftrunken an meinen Schnürsenkeln herumzerrte. Das Urteil hatte er auch gleich parat: »Ab morgen hast du Stubenarrest.«

Ein hehres Ziel, gewiß, aber ein unerreichbares, hatte ich doch nahezu täglich zur Schule zu gehen, von wo aus ich nach dem letzten Klingeln ungehindert zum Lesepavillon marschieren konnte. Einzig die Sonntage gestalteten sich in dieser Hinsicht schwierig, aber die waren ohnehin der Regeneration vorbehalten. Der ebenso frühreife wie dauerhafte Alkoholmißbrauch konnte also ungehindert seinen Lauf nehmen, und ich muß wohl heute noch der Vorsehung dankbar sein, daß es eben fast nur Bier war, was da den Weg in meinen unschuldigen Magen fand. Wäre es Wodka gewesen, hätte ich mich längst um die Leber eines Unfalltoten bewerben müssen.

Warum gerade Bier zum Hauptgenußmittel der Punkbewegung aufsteigen mußte, erklärt sich aus seiner Funktion als Freizeitfüller. Mit zwanzig 33-cl-Dosen *Karlsquell* kann man sich eben länger beschäftigen als mit einer Flasche Weizenkorn. Nur wenn es Winter wurde und alles in die nächste Fußgängerunterführung umzog, wurde verstärkt auf Spirituosen zurückgegriffen. Um Unterkühlungen vorzubeugen, hatte sich ein effektives Spiel etabliert. Reihum wurden Probanden auf die aus dem Tunnel führende Rolltreppe geschickt, wo sie während der Fahrt ein Getränk zu konsumieren hatten, das durchaus dazu angetan war, das Blut in Wallung zu bringen, *Ravini* zum Beispiel. Oben angekommen, durfte kurz Luft geholt werden, dann ging es, die Flasche erneut am Hals, wieder abwärts.

Aber noch war der Winter weit entfernt. Noch schwang der Sommer sein hormontriefendes Zepter und peinigte junge Heranwachsende mit marternden Sehnsüchten, die sich nicht selten in nächtlichen Samenergüssen manifestierten.

Da die wenigen Bräute im Park samt und sonders so unerreichbar waren wie ein Aufsichtsratsposten, beschlossen Melzer und ich, unser Glück in einer der örtlichen Diskotheken zu versuchen. Es mußte ja nicht gleich eine Punkrockgöttin sein. Auch andere Kulturkreise besaßen schöne Töchter. Da wir noch keine sechzehn waren, kam natürlich nur ein Laden in Frage, der es mit der Einlaßkontrolle nicht so genau nahm. Also auf ins *Vakuum*, einen Hippieschuppen, der schon seit den Siebzigern existierte. Der Legende nach ein Hort schwerer Rauschgift- und Gruppensexexzesse.

Obwohl wir ohne Schwierigkeiten hineinkamen, trocknete der Schweiß auf unseren Handflächen nur langsam. Noch war die Gefahr nicht gebannt. Wir konnten jederzeit in eine Razzia geraten. Und tatsächlich tauchte, noch bevor wir uns im schummrigen Innenraum überhaupt zurechtgefunden hatten, im Licht der chinesischen Lampions, die den Eingang illuminierten, ein Uniformierter auf.

»Verdammt, was jetzt?« raunte ich Melzer zu.

»Abhau'n«, befahl mein Banknachbar mit der gewohnten Entschlossenheit und zog mich in Richtung einer Treppe, die uns ins Untergeschoß brachte.

Hier befanden sich die Toiletten. Die boten zwar keine Fluchtmöglichkeit, aber immerhin ein kurzfristiges Versteck.

Wir drangen in die unserem Geschlecht vorbehaltenen Räumlichkeiten ein, verschwanden in einer der Kabinen und verriegelten die Tür.

»Meinen ersten Diskobesuch hatte ich mir anders vorgestellt«, beschwerte sich Melzer nach einer kurzen Atempause.

»Ich mir auch«, gab ich im Flüsterton zurück. »Aber vielleicht sollten wir 'n bißchen leiser sein.«

»Wieso?« entgegnete Melzer. Wenigstens flüsterte er jetzt ebenfalls.

»Na, falls die Bullen auch hier unten suchen.«

»Wenn, dann finden sie uns sowieso. Sie brauchen ja bloß unter der Tür durchzugucken.«

Da war ohne Zweifel etwas dran. Aber so leicht sollten uns die Schergen des Systems nicht ins Lattenheim bringen. Wir mußten nur cleverer sein als sie, mußten den perfiden Methoden der Staatsmacht nur die ganze Kraft unseres Verstandes entgegensetzen. Also stiegen wir jedesmal, wenn die Toilettentür aufging, und das tat sie im Zwei-Minuten-Takt, auf den Klodeckel, was nicht ganz einfach war, da ja unsere Köpfe ebenfalls nicht ins Blickfeld geraten durften.

Dieses akrobatische Auf und Ab, das von eisernem Schweigen begleitet wurde, betrieben wir etwa eine Stunde lang. Dann machten Melzers Knie nicht mehr mit.

»Meine Gelenkflüssigkeit schlägt schon Flocken«, stöhnte er.

Und so verließen wir unser Versteck, nur um uns sogleich einer demütigenden Verdächtigung ausgesetzt zu sehen.

»Ey, guck mal, zwei Homos«, sagte ein Langhaariger zu seinem Nachbarn an der Pißrinne. Mit seinem gestreiften Sakko und der im Leopardenmuster gewirkten Stretchjeans sah er aus, als ob sein höchstes Lebensziel darin bestand, für Udo Lindenberg als Roadie arbeiten zu dürfen.

»Für 'nen Hunni massier' ich dir jederzeit den Dickdarm«, konterte Melzer.

Dann schlichen wir vorsichtig ins Erdgeschoß zurück.

Unsere Überraschung glich der von DDR-Flüchtlingen bei ihrem ersten *Hertie*-Besuch, als wir den Uniformierten auf der *Tanzfläche* entdeckten, wo er sich in ekstatischen Bewegungen zu den Klängen des Gassenhauers »Tanz den Mussolini« erging.

»Aber das ist doch unmöglich«, stammelte Melzer.

»Sicher ein Irrer. Vielleicht ist er auf Drogen.«

Als wir uns schließlich näher herantrauten, mußten wir entdekken, daß es sich bei dem vermeintlichen Ordnungshüter um eine wenig furchteinflößende Fälschung handelte. Wir hatten es schlicht und einfach mit einem Anhänger des avantgardistischen Flügels der sogenannten Neuen Deutschen Welle zu tun. Um seine Vorreiterrolle für jeden sichtbar zu dokumentierten, hatte er sich in die Dienstkleidung eines Zollbeamten gezwängt, deren Autorität er mit einer blutroten Armbinde herabwürdigte.

Melzer und ich konnten uns also gefahrlos auf Entdeckungstour begeben. Wir investierten einen Teil unseres kärglichen Taschengeldes in Bier und durchwanderten die Räumlichkeiten.

Viel zu sehen gab es nicht. Rustikale Theken, hölzernes Mobiliar, ein Billardtisch – alles umlagert von Mitbürgern, die sich zu einem Großteil den damals gängigen Schimpfnamen »Öko« gefallen lassen mußten. Sie trugen Bastschuhe, Hemden aus dem Fundus des eigenen Großvaters und Westen, an denen sie »Baum ab – nein danke«-Badges befestigt hatten. Das war genau die Kulisse, die wir brauchten. Genossen wir am Lesepavillon in etwa den Status von Einzellern im ersten Lehrjahr, konnten wir hier bedenkenlos den grimmigen Maschinenstürmer geben. Mit betont mißmutigen Mienen paradierten wir an den schlaffen Körpern der teetrinkenden Friedensaktivisten vorbei, dem Narzißten in uns mit jedem angewiderten Blick, der uns traf, zu einem weiteren Wachstumsschub verhelfend.

Am Ende landeten wir wieder an der Tanzfläche. Sie spielten irgendwas von *U2*. Die Bräute tanzten, die Typen sahen mit sehnsuchtsstarren Pupillen den kreisenden Hinterbacken zu. Was hätten diese bedauernswerten Tölpel bei ihrem bedenklichen Äußeren auch sonst tun sollen?! Melzer und ich brachten uns in Positur und warteten darauf, daß uns ein Hippiemädchen nach unserer Telefonnummer fragte. Aber da hatten wir die Sachlage falsch eingeschätzt. Die Hippiemädchen waren scheinbar zu schüchtern, wir dagegen mußten cool bleiben. Der unerschütterliche Melzer nahm das Problem in Angriff, indem er mich anwies, neues Bier zu besorgen.

Ich hatte mich gerade zu einer der Theken durchgekämpft und führte ein verzweifeltes Ballett auf, um die Aufmerksamkeit der komplett autistischen Barfrau zu erlangen, als mir jemand auf die Schulter tippte. Ich drehte mich um und hatte eine Marienerscheinung vor Augen. Ariane! Vornefetts Beinah-Exfreundin.

»Hey, dich kenn' ich doch.«

Heiland, sie lächelte mich an. Jetzt nur nichts Unbedachtes sagen.

»Ja...haa... uff.«

»Du wolltest doch letztens zu dieser Party, oder?!«

»Mmh.«

»Und was machst du hier? Ich mein', is' doch öde, der Laden ...«

»Ey, der Laden is' das *Letzte*.«

»Ich und 'n paar Freundinnen, wir woll'n gleich noch ins *Gully*. Lust mitzukommen?«

»Ja. Ja, *klar*. Muß bloß noch 'nem Kumpel Bescheid sagen.«

»Okay. Wir treffen uns draußen.«

Glückselig wie eine frisch gekürte Heidekönigin torkelte ich zu Melzer. Die Idee, ihn einfach zurückzulassen, kam mir vor lauter Erregung überhaupt nicht in den Sinn. Ich war eben noch sehr unbedarft. Der Lohn für meine Rechtschaffenheit war ein entrücktes Funkeln in seinen arischen Pupillen.

»Ariane?! Genau meine Kragenweite!« verkündete er und war schon Richtung Ausgang unterwegs.

Dort warteten sie bereits auf uns: die uneingeschränkte Gebieterin über unseren freien Willen und drei ihrer Hofdamen; Domestiken, die, was das Äußere betraf, noch nicht einmal ansatzweise an ihre Herrin heranreichten. Sie sahen aus, als würden sie ihre Tage mit dem Abspielen von Tonträgern der Gruppen *Depeche Mode* oder *The Cure* vergeuden. Aber wen störte das?! Während des kurzen Fußmarsches, der vonnöten war, um unser neues Einsatzgebiet zu erreichen, konzentrierten Melzer und ich ohnehin jede Sinneszelle auf den vergoldeten Teil des Quartetts.

Ariane verlangte es nach Bier und Zigaretten; keine Frage, daß ihre willfährigen Kavaliere einen Umweg einschlugen, um das Gewünschte zu besorgen.

Nachdem wir wieder mit den Damen zusammengetroffen waren, gelang es Melzer zu punkten, indem er seine Flasche mit den Zähnen öffnete. Ich versuchte es daraufhin mit der meinigen am Jochbein, wie ich es im Park des öfteren bei einem Typen namens Triefauge gesehen hatte, brachte aber bis auf einen Kratzer an der Schläfe nichts Vorzeigbares zustande. Um diese Scharte auszuwetzen, gab ich mit meinen Drogenbekanntschaften an.

»Ich kenn' da 'nen Typen, der kann super Thaigras besorgen.«

»Ich dachte, dir wird immer schlecht vom Kiffen«, fiel mir mein heimtückischer Klassenkamerad in den Rücken.

»Echt?! Mir auch«, sagte Ariane und schenkte mir ein Lächeln, gegen das kein Thaigras dieser Erde bestehen konnte.

Ich beschloß dennoch, mir gleich am nächsten Tag einen *neuen* Banknachbarn zu suchen.

Unterdessen hatten wir das *Gully* erreicht, eine umgebaute Fabrikhalle, die ihre Premiere als Großraumdisko erst vor ein paar Monaten erlebt hatte. Dankenswerterweise wurde auch hier von Ausweiskontrollen abgesehen.

Wir folgten den Mädchen, die augenscheinlich nicht zum ersten Mal hier waren, ins Innere, wobei zumindest ich es schwer bedauerte, daß unsere kleine Wanderung schon zu Ende war. Von mir aus hätten wir noch zweihundert Kilometer weiterlaufen können. Ganz bestimmt wären dabei noch weitere Gemeinsamkeiten zwischen Ariane und mir zutage getreten, Fußschmerzen zum Beispiel.

So galt es, sich durch ein Gewühl von Menschen zu kämpfen, das an die Hochzeit des phönizischen Sklavenmarktes gemahnte. Das Bier wurde nach wie vor zum Eröffnungspreis von einer Mark feilgeboten. Eine Offerte, die riesige Abordnungen sämtlicher da -

mals existierender Jugendbewegungen in den Laden gelockt hatte. Es waren sogar Punkrocker vertreten. *Leider* waren sogar Punkrocker vertreten. Denn kaum hatten wir das erste Grüppchen ausgemacht (Typen, die ich noch nie gesehen hatte), fiel Ariane einem der drei um den Hals.

»Bis später«, rief sie uns noch zu, bevor sie mit ihren neuen Begleitern im Gedränge verschwand.

Melzer und ich waren dermaßen perplex, daß wir uns von den verbliebenen Mägden widerstandslos auf eine Holztribüne lotsen ließen, die die Stirnseite der riesigen Tanzfläche begrenzte.

»Himmel, was machen wir bloß mit diesen Hühnern?« raunte mir mein Gefährte zu, nachdem wir Platz genommen hatten.

»Wie wär's mit sitzenlassen?!« schlug ich vor.

»Ja«, sagte Melzer, machte aber keinerlei Anstalten, dieses Vorhaben in die Tat umzusetzen.

Ich konnte es ihm nicht verdenken. Hatte Ariane nicht »bis später« gesagt?!

»Fehlt nur noch, daß sie mit uns tanzen wollen.«

»Vorher bring' ich mich um«, antwortete ich getreu unserer damaligen Überzeugung, daß es einzig Homosexuellen, Hippies und Mädchen vorbehalten sein sollte, sich zu Klängen aus der Konserve zu bewegen.

Die Mädchen an unserer Seite hatten allerdings gar nicht die Absicht, unsere Standhaftigkeit einer Probe zu unterziehen. Vielmehr schien es ihnen darum zu gehen, uns, aber auch sich selbst, in einen anderen Bewußtseinszustand zu versetzen. Irgendwie war es ihnen gelungen, eine Flasche *Batida de Coco* durch den Eingang zu schmuggeln. Nachdem eine der drei, deren unvorteilhafter Kurzhaarschnitt stark an die Frau des englischen Thronfolgers erinnerte, einen überraschend kräftigen Schluck in ihre sterbliche Hülle transferiert hatte, entnahm sie ihrer Jacke eine kleinere Flasche von brauner Farbe, mit deren Hilfe sie den Kokoslikör wieder auffüllte. Dann nahm sie noch einen Schluck und reichte das Mixgetränk an ihre Freundinnen weiter, bevor es – schon zu einem guten Viertel geleert – in meine Hände gelangte.

Nun wollte ich, gerade vor diesen unbedarften Backfischen, nicht das Zuckerpüppchen mimen. Aber das braune Fläschchen hatte verdächtig nach Medizin ausgesehen. Da schien eine Erkundigung durchaus Sinn zu machen.

»Was hast'n da reingeschüttet?« fragte ich das Diana-Double.

»*Valoron*«, lautete die freudig vorgetragene Antwort.

»*Valoron?*«

»Ja, meine Oma is' grad' gestorben. Die hatte den ganzen Nachtschrank voll davon.«

Na, wenn's der Großmama geschmeckt hatte. Entschlossen ließ ich mir das Wagnis in die Kehle rinnen. Melzer tat es mir gleich.

Keine Viertelstunde später ergriff ein unerklärlicher Bewegungsdrang von mir Besitz. Ich verspürte das zwingende Bedürfnis, einen Marathonlauf zu unternehmen.

Während Hände und Füße wie ferngelenkt den Takt der dröhnenden Diskosoße aufnahmen, sah ich zu Melzer hinüber. Auch er hielt sich nur mit Mühe auf dem Sitz, wobei er auf- und abwippte wie eins dieser Heimkinder, denen es deutlich an Beschäftigung mangelt.

Die Metzen hatten sich bereits fünf Minuten zuvor Richtung Tanzfläche verabschiedet, wo sie nun exaltiert die Hüften zu irgendeinem Chartbreaker schwangen. Und plötzlich sprang auch Melzer auf, stürmte einem Mähdrescher gleich in die Masse sich wiegender Leiber.

Das war der Startschuß, auf den der Rassehengst, der seit kurzem meine Gliedmaßen behauste, nur gewartet hatte. Glückselig galoppierte ich meinem Gefährten hinterher.

Schnell hatten wir uns Platz geschaffen. Dann ließen wir dem Trieb, der uns beherrschte, freien Lauf. Ob sie nun »Was wollen wir trinken« von den *Bots* spielten oder die waidwunde Stimme *Tina Turners* auffuhren, kein Sound war grauenhaft genug, um uns zur Aufgabe zu zwingen. Wir tanzten und schwitzten, als ob wir das Plansoll einer ganzen Brigade zu erfüllen hätten. Weder wurde uns bewußt, daß das, was wir taten, unseren ureigensten Prinzipien

Hohn sprach, noch, daß wir gar nicht tanzen *konnten*. Ariane war vergessen, und wir begegneten ihr auch nicht mehr an diesem Abend. Statt dessen führten wir mit ihren drei Zofen irgendwann eine Art Ringelreihen auf, der, wenn ich ihn heute auf Video sehen müßte, auch nachträglich noch in der Lage wäre, mich zur sofortigen Auswanderung zu bewegen, inklusive Gesichtsoperation, versteht sich.

Aber in dieser Nacht war der Ausdruck »Schamgefühl« zum unbegreiflichen Fremdwort verkommen. Das einzige, was zählte, waren stampfende Rhythmen, eingängige Refrains und ein Pulsschlag, der immer mal wieder gleißende Sterne vor die entrückten Augen zu zaubern vermochte.

Triumph des Willens

Die Wochenenden verbrachten Melzer und ich von nun an regelmäßig im *Gully*. Und auch Vornefett war alsbald davon überzeugt, daß der vermeintliche »Popperschuppen«, wie er sich auszudrücken pflegte, durchaus seine Vorzüge besaß.

Unsere neuen Bekanntschaften mochten, was Aussehen und Musikgeschmack betraf, nicht unbedingt in der ersten Liga spielen, ja eigentlich noch nicht mal in der zweiten, dafür besaßen Inga, Berit und Dörte mit ihren scheinbar unbegrenzten *Valoron*-Vorräten aber ein Trostpflaster, das es erlaubte, über Äußerlichkeiten hinwegzusehen.

Recht schnell wurde es zur Regel, daß wir Buben die unverzichtbare Flasche *Batida de Coco* in den Laden schmuggelten, während die Mädchen die guten Gaben aus Omis Nachtschrank beizubringen hatten.

Wenn wir uns dann dem Rausch ergaben, ließ sich der ein oder andere mutlose Blick auf die zahllosen *Schönheiten*, die das *Gully* bevölkerten, natürlich nicht gänzlich vermeiden. Und auch Ariane, die uns, stets einen neuen Bewunderer an der Seite, allwöchentlich über den Weg lief, erinnerte den übersexualisierten Jungspund in peinigender Regelmäßigkeit daran, daß sein bisheriger Werdegang eine entscheidende Lücke aufwies. Insgeheim träumten wir alle von dieser vierzigjährigen, ebenso liebestollen wie sexuell barmherzigen Patentante, von der wir in der *Bravo* gelesen hatten.

Aber eine Patentante war nicht in Sicht, ich zum Beispiel war noch nicht mal getauft, und die Mädchen im *Gully* wollten *angesprochen* werden. Ein Unterfangen, das uns komplizierter erschien als das Herbeiführen einer Kernspaltung. Es darf also nicht verwundern, daß ich Ingas überraschende Anfrage, ob ich sie nicht mal zu Hause besuchen wolle, ohne zu zögern mit Ja beantwortete.

»Komm doch gleich Montagnachmittag. So gegen drei vielleicht.«

»Drei Uhr ... äh, ja klar ... also nachmittags ... also Montag ...«

Mochte Inga auch den Sexappeal einer verrosteten Anhängerkupplung besitzen, ich hatte unleugbar eine Verabredung. Der Beginn des Lebens stand unmittelbar bevor.

Dumm nur, daß ich ausgerechnet am fraglichen Tag von einer bösen Unruhe heimgesucht wurde. Ein Gemütszustand, der derart unerträgliche Ausmaße annahm, daß ich mich genötigt sah, den Bus, der mich zu Ingas Elternhaus bringen sollte, drei Haltestellen zu früh zu verlassen, um ein paar Dosen *Hansa Pils* zu erwerben.

Das Bier half ein bißchen, zumindest beim Zurücklegen der letzten Meter. Als ich aber schließlich vor der mit einem selbstgetöpferten Namensschild versehenen Haustür stand, hatte die Nervosität die Oberhand zurückgewonnen.

Zum Glück war es Inga selbst, die mir öffnete. Ihre Eltern waren scheinbar nicht anwesend oder hielten sich versteckt. Das ersparte das lästige Frage-und-Antwort-Spiel à la »Was wollen Sie denn später mal beruflich machen?« (»Na, Hundefänger oder Leichenwäscher, glaub' ich.«). Dafür fehlte aber auch jede Möglichkeit eines gepflegten Abtastens, soll heißen: Ich war mit Inga *allein*.

Sie lotste mich in ihr Zimmer. Und da saßen wir dann, sie auf dem Bett, ich in einem Schaukelstuhl aus Rattan oder ähnlichem.

»Willst 'n Bier?« fragte ich, um das Eis zu brechen, und holte eine der beiden verbliebenen Dosen aus meiner Plastiktüte.

»Nee, nich' um die Uhrzeit. Ich hab' uns eigentlich Tee gemacht.« Sie wies auf ein Tablett zu ihren Füßen, auf dem tatsächlich eine Kanne geparkt war.

»Oh«, entfuhr es mir, während zeitgleich ein lautes Zischen davon kündete, daß der Metallverschluß unter meinen Fingern seine Schuldigkeit getan hatte.

Während Inga sich nun die Tasse füllte, musterte ich den Wandschmuck. Gesprächsstoff mußte her.

»Tolles Bild. Selbstgemacht?«

Sie hob den Kopf und folgte meinem Blick, der die Zeichnung einer zerlaufenen Uhr anpeilte.

»Nee, das is' von Dalí.«

»Ach so.« Gut, daß ich das Bier in der Hand hatte. Augenblicklich verlor sein Inhalt die Hälfte an Gewicht.

Aber was nun? Rauchen vielleicht. Ich fummelte ein Päckchen *Pall Mall Ohne* aus meiner Jacke, die ich, wie ich erst jetzt bemerkte, noch gar nicht ausgezogen hatte, und bot Inga eine an. Diesmal griff sie zu.

Wir rauchten und nippten an unseren Getränken. Es war nicht wirklich beglückend. Mein Eintritt ins Reich derjenigen, deren Sperma nicht ausschließlich von Bettlaken und Tempotaschentüchern aufgesogen wurde, erschien mir ferner denn je.

Die Lage änderte sich erst, als ich diese verstaubte Karaffe entdeckte.

»Hey, was issen da drin?«

»Rum«, antwortete Inga leicht befremdet. »Aber der steht da schon mindestens zwei Jahre.«

»Macht nichts. Ich glaub', ich nehm' doch 'nen Tee.«

Ich ließ mir eine Tasse einschenken, goß ungefragt Rum dazu und konnte schließlich auch Inga überreden.

Diese strategische Maßnahme zeigte eine verblüffende Wirkung. Bald schon hatte ich meine Jacke ausgezogen, und dann saß, oder besser: lag ich neben meiner Gastgeberin und schob meine schweißnassen Finger unter den Saum ihres T-Shirts, während sich meine Zunge hektisch daran zu erinnern versuchte, was ihr zwei, drei Jahre früher beim Flaschendrehen beigebracht worden war. Gesprächsstoff war nicht mehr vonnöten.

Stunden gingen dahin, in denen ich mich Millimeter um Millimeter zu den Brüsten vortastete, immer wieder unterbrochen von Pausen, in denen Inga eine Scheibe von *Heaven 17* oder *Spandau Ballet* umdrehte und ich einen weiteren Schluck des belebenden Getränks zu mir nahm.

Als mein Zeigefinger endlich eine der beiden kleinen, zusammengezogenen Warzen umkreiste, kam ich mir vor wie ein Sprengstoffexperte beim Entschärfen einer Wasserstoffbombe. Aber das sollte noch nicht alles gewesen sein. Im Rausch der Ereignisse wagte ich einen weiteren Vorstoß, diesmal in die andere Richtung. Tollkühn ließ ich meine Finger in Ingas Jeans wandern, die dankbarerweise einen Spaltbreit vom Bauch abstand. Und dann fühlte ich zum ersten Mal in meinem Leben weibliches Schamhaar. Weibliches Schamhaar! Mann! Es war unbeschreiblich!

Mehr war nicht drin an diesem gesalbten Abend. Nicht, daß Ingas Stöhnen so klang, als ob sie sich weiterer Feldforschung verweigert hätte. Aber meine Nerven waren ob der bisherigen Geschehnisse bereits dermaßen strapaziert, daß ich ihnen eine Ausweitung der Offensive unmöglich zumuten konnte. Außerdem war der Rum alle. Also leitete ich meinen Abgang in die Wege, behauptete, daß meine Eltern mich gerade heute pünktlich zurückerwarten würden.

Inga gab mir einen letzten Kuß und sah mich zärtlich an.

»Morgen geb' ich meinem Freund den Laufpaß.«

»Wem?«

»Na, meinem Freund. Ich mach' Schluß. Gleich morgen, versprochen.«

Daß sie einen Freund hatte, war mir gänzlich neu. Na, auch egal. Jetzt war ich am Drücker. Beseelt begab ich mich zur Bushaltestelle, bemerkte erst am Wartehäuschen, daß ich meine Jacke hatte liegenlassen. Aber was machte das schon?! Es war, obwohl bereits dunkel, immer noch ein milder Juliabend. Außerdem war ich ... ja, was war ich eigentlich? Verliebt, hätte *Doktor Sommer* es wohl genannt. Meine Jacke konnte ruhig warten. Ich würde alsbald wiederkommen.

Und das tat ich dann auch, und zwar gleich am nächsten Nachmittag. Und auch am nächsten und am übernächsten. Der Schloßpark war fürs erste abgemeldet. Statt dessen verbrachte ich meine Freizeit nun auf Ingas Bett, wo wir uns bei laufendem Fernseher der Erkundung unserer Körper hingaben. Das Zimmer verließen wir höchstens, um uns an einem nahegelegenen Kiosk mit Süßigkeiten einzudecken.

Bei einem dieser Ausflüge versperrte uns eine Gestalt den Weg, deren jämmerlicher Gesichtsausdruck mich im ersten Moment an einen Vertreter für Zeitschriftenabonnements denken ließ.

Ich sollte mich täuschen. Der mittelgescheitelte Brillenträger vor uns war kein geringerer als Ingas Exfreund. Er mochte ungefähr in meinem Alter sein, besaß aber, wie seine alberne Windjacke deutlich erkennen ließ, eine komplett andere Weltanschauung.

»Ich muß mit dir reden«, sagte er, wobei er Inga eindringlich fixierte.

»Jetzt nich'«, gab Inga zurück und beschleunigte ihren Schritt.

Da wir uns gegenseitig die Hände in die Arschtaschen unserer Jeans geschoben hatten, sah ich mich gezwungen, ihr zu folgen.

»Hey, warte!« rief mein Vorgänger seiner Verflossenen klagend hinterher. »Ich liebe dich doch. Laß es uns noch mal versuchen. Ich würde mir auch 'ne neue Frisur zulegen. Oder Kontaktlinsen ...«

Es ging nicht anders. Ich *mußte* einen Blick zurückwerfen.

Da stand er, der bedauernswerte Tropf; den Oberkörper leicht nach vorn gebeugt; die Arme ausgebreitet, als ob er einen Medizinball fangen wollte; die Wangen rotfleckig vor Scham und ungestilltem Verlangen. Jesus, war das Leben schön!

Am selben Abend fragte mich Inga, ob ich nicht Lust hätte, bei ihr zu übernachten. Das war der letzte Baustein, den es brauchte, um das Mosaik meines Glücks perfekt zu machen. Denn was sich hinter dieser Frage verbarg, war mir nur allzu klar. Aber über Nacht wegzubleiben, war mir von meinen Eltern mehr als einmal verboten worden. Und bisher hatte ich mich strikt an diese Order gehalten, war, wenn auch hin und wieder weit nach Mitternacht, doch immer brav ins *eigene* Bett gekrochen. Diesmal war ich kurz davor, mich dem ZK zu widersetzen. Die regelmäßig angedrohte Einweisung ins Internat hatte plötzlich jeden Schrecken verloren. Dann kam mir eine Idee, die beides möglich machen würde: den ersten Geschlechtsverkehr meines Lebens und den Verbleib im mir angestammten Heim.

»Laß uns zu mir fahren«, schlug ich vor.

»Aber bei dir waren wir noch nie.«

Das stimmte. Seltsamerweise hatten wir uns bisher ausschließlich bei Inga getroffen. Ein Grund mehr, die Kulisse zu wechseln.

Inga zu überreden, stellte kein großes Problem dar. *Ihre* Eltern pflegten einen Erziehungsstil, der nicht anders als antiautoritär bezeichnet werden konnte. Als ich ihnen unlängst das erste Mal begegnet war, hatten sie mir prompt einen Joint angeboten. Inga durfte so oft und so lange wegbleiben, wie sie wollte, und sie war durchaus angetan von der Idee, sich einmal auf meiner Matratze zu aalen.

Also schwangen wir uns auf unsere Fahrräder und vollzogen den Wechsel von einem gutbürgerlichen Vorort in den anderen. Als wir schließlich vor dem weißgetünchten Einfamilienhaus eintrafen, in dem ich seit meiner Geburt nahezu ausschließlich gelebt hatte, ermahnte ich meine Gefährtin zur Ruhe. Dann lotste ich sie um das Gebäude herum bis zu einer grasbewachsenen Schräge, an deren unterem Ende sich das Fenster zu meiner Wohnstatt befand. Was hatte ich damals für einen Aufstand veranstaltet, als man mich altersbedingt aus dem gemeinsam mit meiner Schwester bewohnten Zimmer entfernt und in dieses Kellergemach verfrachtet hatte. Jetzt pries ich das einst als Schmach empfundene Schicksal innerlich wie eine überstandene Syphilis.

»Warte hier«, flüsterte ich. Dann lief ich zur Haustür zurück und schlich so vorsichtig wie möglich ins Innere.

Freundlicherweise waren meine Eltern auch an diesem Abend ordnungsgemäß zu Bett gegangen. Dergestalt unbemerkt in meinem Zimmer angekommen, galt es die letzte, die schwierigste Hürde zu nehmen. Denn auch heute hatte es meine Großmutter, die das Obergeschoß bewohnte, nicht versäumt, ihrer täglichen Pflicht nachzukommen, die darin bestand, in meiner Abwesenheit die schwere Holzjalousie herunterzulassen, um das Haus vor Terroristen und Einbrechern zu schützen.

Augenblicklich hatte ich beschlossen, ihr von meinen gelegentlichen Botengängen nie wieder die heißersehnte *Bild* mitzubringen, dann ließ ich wie in Zeitlupe das Band durch meine Hände gleiten, das diese Sperre befehligte. Es krachte und knackte, als ob eine Horde aufgebrachter Leibeigener mit Dreschflegeln gegen das Holz schlagen würde, zumindest in meinen Ohren, und oft genug hielt ich inne, um zu horchen, ob ich irgendwen geweckt hätte. Aber es kam niemand, um mein sündiges Tun zu unterbinden. Und so hatte ich schließlich, nach gefühlten vierundzwanzig Stunden, einen Spalt geschaffen, der es Inga ermöglichte hereinzuschlüpfen.

»Ziemlich aufregend, so 'n Besuch bei dir«, kicherte sie.

»Tut mir leid. Aber mein Alter würde mich windelweich schlagen, wenn er mich hier mit dir erwischen würde«, sagte ich – was komplett gelogen war, sich aber schwer gefährlich und damit imagefördernd anhörte.

Inga ließ sich aufs Bett fallen und betrachtete die zahllosen Poster, die meine Wände schmückten (samt und sonders Propaganda, die ich den Hüllen der von mir erworbenen Tonträger entnommen hatte). Ich nahm das zum Anlaß, um den Plattenspieler zu bestücken, natürlich mit einer Punkscheibe, einem Sampler namens »Waterkanthits«, der ausschließlich Bands aus Hamburg beheimatete, unter anderem die damals schwer von mir verehrten *SS Ultrabrutal*.

Nachdem ich die Lautstärke auf ein der späten Stunde genehmes Maß geregelt hatte, gesellte ich mich zu meiner Freundin. Und dann taten wir das, was wir immer taten, wenn wir nebeneinanderlagen, -saßen oder -standen. Wir fingen an, unsere Zungen zu verknoten. Diesmal allerdings begleitet von einem vielfach höheren Adrenalinausstoß (zumindest auf meiner Seite). Denn nun gab es kein Zurück mehr. Wir würden die Nacht *zusammen* verbringen! Und zusammen Schlafengehen hieß in diesem Fall natürlich auch zusammen schlafen. Der Startschuß ließ nicht lange auf sich warten.

»Laß uns die Sachen ausziehen und unter die Decke kriechen«, wisperte Inga, die Zunge an meinem Ohrläppchen.

»Okay«, flüsterte ich zurück.

»Hast du eigentlich schon viele Mädchen gehabt?« wollte sie wissen, als wir gleich darauf nebeneinanderlagen, von der Nacktheit des anderen genauso befangen wie von der Größe unseres unausgesprochenen Vorhabens.

Die Möglichkeit, daß ich vielleicht noch keine einzige »gehabt« haben könnte, schien sie gar nicht in Betracht zu ziehen.

Ich überlegte kurz. Es war vollkommen ausgeschlossen, jetzt mit einem ehrlichen Bekenntnis für Enttäuschung zu sorgen, aber ich wollte auch nicht lügen. Also entschied ich mich für eine Antwort, die die Wahrheit beinhaltete, aber durchaus Raum für Spekulationen ließ.

»Na, um sie zu zählen, reichen meine Finger auf jeden Fall aus.«

Dann begann die Knutscherei von neuem. Aber so richtig vermochte ich an unserem Tun keinen Genuß mehr zu empfinden. Nicht zuletzt, weil da plötzlich dieses Stechen in der Magengegend auftauchte. Merkwürdig, ich hatte sonst nie Magenschmerzen.

Diesem Übel mußte abgeholfen werden. Da traf es sich gut, daß die Musik verklungen war. Sachte schob ich mich aus dem Bett und ging die Platte umdrehen, wobei ich versuchte, dem Krampf in meinem Leib durch ein gezieltes Strecken beizukommen. Natürlich vergeblich.

»Wassen los?« fragte Inga, nachdem ich zu ihrem samtenen, warmen Körper zurückgekehrt war.

»Nichts. Nur so 'n Ziehen in der Magengegend.«

»Warte. Dagegen läßt sich was tun. Schließ einfach die Augen.«

Ich tat, wie mir geheißen, und spürte gleich darauf eine ihrer Hände in kreisförmigen Bewegungen sanft über meine Bauchdecke gleiten. Und hey, war das zu glauben?! Diese Maßnahme half *tatsächlich*. Der Schmerz verschwand ins Nichts, und die Nervosität war ihm dicht auf den Fersen.

Als die Hand schließlich tiefer wanderte, war mit einem Mal alles ganz einfach. Mein Schwanz wurde hart, und dann saß Inga auch schon auf mir und begann sich vorsichtig zu bewegen. Um die Magie des Augenblicks nicht zu beschädigen, hielt ich die Augen geschlossen, ließ nichts anderes in mein Bewußtsein als das berauschende Geräusch ihres sich stoßweise beschleunigenden Atems und dieses köstliche Gefühl, das die erste gastfreundliche Möse meines Lebens meinem Unterleib bescherte. Nichts war mehr wichtig, denn hier war er endlich: der lang ersehnte Ritterschlag meines männlichen Seins.

Und dann war es, unsäglich schnell, unsäglich banal, von einem Augenblick auf den anderen vorbei. Ich nahm die Musik wieder wahr, hörte eine Band, deren Namen ich ausnahmsweise nicht im Kopf hatte, zum »Rentnerhaß« aufrufen. Aber Haß war das letzte, was ich gerade verspürte. Ich hätte im Gegenteil jeden Rentner herzen und umarmen können, so denn nur einer in der Nähe gewesen wäre. »Hey Senior, ich habe gerade gefickt. *Ge-fickt*, du verstehst?! Gevögelt, Liebe gemacht, gebumst ...« Vor Erleichterung und Stolz hätte ich am liebsten laut aufgeschrien, und noch bevor ich die Augen öffnete, um anhand von Ingas Gesichtsausdruck zu prüfen, ob sie ähnlich fühlte, hatte ich mir bereits ausgemalt, wie ich mit dieser Geschichte am darauffolgenden Tag in der Schule amtlich auf die Kacke hauen würde.

Inga hatte sich derweil an meine Seite geschmiegt, und so war es nichts mit dem Studium ihres Gesichts. Ich sah nichts außer ihren Augen, und die auch nur, da sich unsere Nasenspitzen fast berührten, stark verschwommen. Egal. Wo die Sehkraft keine Ergebnisse zeitigen konnte, mußte eben die Sprache weiterhelfen.

»Hey, das war, das war ...«, begann ich.

»Ja«, sagte Inga nur und schloß mir die Lippen mit einem Kuß. Und dann begann sie zu lachen, aber nicht bösartig, eher liebevoll, und wollte wissen, mit wievielen Mädchen ich denn nun *wirklich* schon im Bett gewesen wäre.

Ich hätte beleidigt sein, hätte mein Heil jetzt erst recht in einer Lüge suchen können. Aber weder traf das eine zu, noch hielt ich das andere für notwendig. Denn nachdem ich die Prüfung vielleicht nicht be-, aber doch überstanden hatte, war alles, was davor lag, bedeutungslos.

»Du bist die erste gewesen«, sagte ich also.

»Hab' ich gewußt«, entgegnete Inga und betrachtete mich mit einem Blick, der nichts als Zuneigung beinhaltete.

Später, als wir uns, das elterliche Rauchverbot mißachtend, eine Kippe teilten, fiel mir etwas ein, das ich im Strudel der Ereignisse vollkommen außer acht gelassen hatte.

»Scheiße, wir haben vergessen, 'n Gummi zu benutzen.«

»Macht nichts. Ich hab' zu Hause eh noch 'nen Schwangerschaftstest rumliegen.« Inga lachte erneut.

»Na, dann ... können wir ja eigentlich noch 'n Versuch wagen ...«

Nachdem Inga im Morgengrauen, noch bevor sich in der über meinem Zimmer gelegenen Küche etwas rührte, zum Fenster hinausgeklettert war, fütterte ich den Plattenspieler mit meinen Lieblingsscheiben. (Da die Schule bald anfing, hätte sich Schlafen nicht mehr gelohnt, und wahrscheinlich hätte ich auch gar nicht mehr schlafen *können.*)

Punkrock hatte nichts von seiner Sprengkraft eingebüßt, das spürte ich mit jeder aufgepeitschten Faser meines Körpers. Dennoch war mir eins deutlich bewußt: Melzer, Vornefett, die Mischpoke am Lesepavillon, Konzerte, Platten, Bands – das alles würde in nächster Zeit nicht mehr die wirklich große Rolle spielen.

Ahoi, ahoi, nicht traurig sein

Es war Melzer, der mich schließlich aus dem närrischen Sog der Begierde herausriß, zumindest kurzfristig.

Er hatte sich schon seit längerem über die unerhörte Vernachlässigung meiner Freundschaftspflichten beschwert. Nun bewies der durchdringende Blick, mit dem er mich musterte, daß er keine Ausrede mehr gelten lassen würde.

»Hör mal, heute spielen *Kanalratten* und *Saurons Erben* in Hondelage. Bist du dabei?«

»Ja, weißt du, Inga und ich«, begann ich, »wir wollten eigentlich ...«

Melzer schnitt mir das Wort ab: »Nichts da! Die Metze kann auch mal ein paar Minuten auf dich verzichten. Du kommst mit, oder ich erzähle Karla Orlowski, daß du dir einen getragenen Slip von ihr wünschst.«

Alles, nur das nicht! Karla Orlowski war von all den mißgebildeten Mädchen in unserer Klasse die mit Abstand Unansehnlichste. Ihr reizarmes Äußeres wurde nur noch von der erbitternden Penetranz übertroffen, mit der sie vermeintlichen Paarungskandidaten während des Unterrichts beängstigende Briefbotschaften zukommen ließ. Mir blieb nichts anderes, als mich geschlagen zu geben.

»Freiheit ist Einsicht in die Notwendigkeit«, triumphierte Melzer. »Wir seh'n uns nachher am Pavillon.«

»Schön, daß dir das so *früh* einfällt«, lautete Ingas Kommentar, als ich sie am Telefon von der kurzfristigen Programmänderung in Kenntnis setzte. Dann wünschte sie mir noch »viel Spaß« mit meinen »Freunden« und legte auf.

Ich gebe zu, daß ich mir den frostigen Klang ihrer Stimme durchaus zu Herzen nahm. Als ich mir dann aber im Schloßpark das erste Bier in den Hals schob, verwandelte sich mein schlechtes Gewissen in reine, vorchristliche Lebensfreude. Melzer schlug mir vergnügt auf die Schultern, bevor er sich ebenfalls eine Dose aufriß,

Vornefett drehte mit geübten Fingern eine Zigarette, und ich kam nicht umhin, mir die Frage zu stellen, wie ich es ohne diese beiden Bannerträger der unreinen Lebensart bloß hatte aushalten können. Schade nur, daß Properski nicht dabeisein konnte. Bedauerlicherweise war er von seinem Alten dazu vergattert worden, beim jährlichen Goldkettchentreff in Vatis Tennisverein den Losverkauf für die Tombola zu übernehmen.

Wochenlang war ich nicht mehr hiergewesen. Nun durfte ich erstaunt zur Kenntnis nehmen, daß die Position meiner Freunde während meiner Abwesenheit eine überraschende Aufwertung erfahren hatte. Melzer und Vornefett scherzten mit den älteren Heiducken derart vertraut herum, als ob es die Überheblichkeit, mit der man uns am Anfang begegnet war, nie gegeben hätte. Worin dieser Sinneswandel begründet lag, konnte ich nur vermuten. Vielleicht hatte er damit zu tun, daß wir unseren Nesthäkchenstatus an ein paar Neulinge verloren hatten. Am Rand der Meute, die anläßlich des zu erwartenden Konzerts zusammengekommen war, saßen vier Rotzlöffel, die so verloren dreinblickten wie ein Mitglied der Heiligen Römischen Inquisition beim zufälligen Besuch von *Harrys Fetischbasar*. Ihr Äußeres wies darauf hin, daß sie mit der Institution, die ihnen ihr Taschengeld zukommen ließ, allesamt noch einen langen Kampf auszufechten hatten.

»Hey, wer sind *die* denn?« wollte ich wissen.

»Nachwuchs«, verkündete Vornefett verächtlich. »Weiß gar nich', was die hier wollen.«

Soviel zum Thema »Solidarität unter Novizen«.

Nachdem wir ungefähr eine Stunde lang unsere Stoffwechselmotoren hatten warmlaufen lassen, wurde es Zeit aufzubrechen.

Geschlossen ging es zur nahegelegenen Haltestelle, geschlossen enterten wir den Anhänger der Linie 3. Vierzig Halbstarke, ausgestattet mit den Insignien der Verweigerung, im Mikrokosmos Straßenbahnwaggon – da fällt es dem unreifen Charakter naturgemäß nicht schwer, der Hoffart zu verfallen. Nicht daß es zu wirklich *erwähnenswerten* Formen der Belästigung oder gar zu Übergriffen gekommen wäre. Um bei den restlichen Fahrgästen den innigen Wunsch aufkeimen zu lassen, schnellstmöglich unsichtbar zu werden, genügte allein unser *Anblick*. Wer nicht auf seine Schuhe sah, starrte mit einer Intensität aus dem Fenster, als ob draußen eine Hundertschaft unbekleideter Cheerleader vorbeidefilierte. Und mit diesem Verhalten lagen die Herrschaften goldrichtig. Denn natürlich hätte jederzeit etwas Unschönes passieren *können*.

Ich kann diese Gruppenreisen nur jedem Heranwachsenden ans Herz legen, sie vermögen viele der in diesem Alter stattfindenden Demütigungen und das damit einhergehende Ohnmachtsgefühl durch eine gesunde Portion Größenwahn abzufedern. Und so genoß auch ich die Fahrt, bis irgendwann das verkostete Bier seinen Tribut verlangte.

Da bis zur Endhaltestelle nur noch zwei Stationen zu passieren waren, hätten mich die Hilferufe meiner Blase nicht weiter nervös werden lassen, wenn Melzer nicht ausgerechnet in diesem Moment eine bedeutungsvolle Information preisgegeben hätte.

»Wir werden uns gleich 'n bißchen sputen müssen«, sagte er. »Der Bus nach Hondelage fährt sofort, nachdem wir angekommen sind. Und wir müssen noch über diese Kreuzung ...«

»Aber ich muß pissen!« wandte ich ein.

»Tja Mann, der *nächste* Bus fährt erst in 'ner Stunde.«

»Wenn du pissen mußt, piß in die Bahn«, befand Schmentrik, der die Sitzbank hinter uns okkupiert hatte.

Nun kam ein derartiger Hinweis aus Schmentriks pilzbefallener Freßluke fast einem Befehl gleich, und den Beginn des Konzerts wollte ich auch nicht verpassen. Aber genügte das, um gegen den kleinsten zivilisatorischen Nenner zu verstoßen? Hier in aller Öffentlichkeit ...?

Ich sah mich um. In unserer unmittelbaren Nachbarschaft saßen, das unverzichtbare Kapotthütchen auf dem Kopf, zwei Rentnerinnen, deren bemüht soldatische Haltung deutlich verriet, daß sie nicht gewillt waren, sich durch die zugestiegenen Plebejer aus der Fassung bringen zu lassen. Dahinter eine Frau in den Fünfzigern, die ein halbes Dutzend Plastiktüten umklammert hielt. Auf den Plätzen zu ihrer Rechten ein Pärchen, das sich der Umwelt durch den intensiven Austausch von Speichel zu verweigern suchte. Erst am Ende des Wagens wurde die Frauenquote geringer, ja sank erfreulicherweise gegen null. Die einzigen Passagiere, die ich dort ausmachen konnte, waren ein türkischer Großvater mit Strickmütze und ein Bursche, dessen rotweißkariertes Hemd mich auf einen Studenten der Fachrichtung Maschinenbau tippen ließ. In diesem unbelebten Winkel mußte es möglich sein, dem Harndrang freien Lauf zu lassen.

»Mach mal Platz«, sagte ich, zwängte mich an Melzer vorbei und ging gemessenen Schritts zum hinteren Ausstieg. Dort postierte ich mich an den Stufen, die zur Tür hinabführten, öffnete den Reißverschluß meiner Jeans und schickte mich an, das Brennen, das mich plagte, in köstliche Erleichterung zu verwandeln.

Schon bahnte sich der durchsichtige Strahl seinen Weg Richtung Plexiglas, als die Bahn urplötzlich ihre Geschwindigkeit verringerte. Hoppla, wir würden doch nicht etwa eine Haltestelle ansteuern? Ich sah mich bereits mit einsteigenden Fahrgästen konfrontiert. Aber dann genügte ein Blick nach draußen, um den Puls wieder sinken zu lassen. Es war lediglich eine Ampel, die unsere Fahrt unterbrach.

Dumm nur, daß das Rotlicht auch für PKW galt. Direkt vor mir kam ein metallicgrauer Sportwagen zum Stehen, dessen Steuer von einer atemberaubenden Blondine bedient wurde. Ich rief sämtliche Götzen, die mir zur Verfügung standen, um Hilfe an, bat sie voller Inbrunst, irgend etwas Ablenkendes aus dem Hut zu zaubern, einen schmucken Unfalltoten zum Beispiel. Aber da wandte die Schönheit auch schon den filigran gearbeiteten Kopf und sah gelangweilt zu mir herüber. Ich verspürte den innigen Wunsch mich umzudrehen, aber hinter mir saß der türkische Großvater, und dem konnte ich ja schlecht auf die Schuhe pissen. Also beließ ich es bei einer ebenso verschämten wie fruchtlosen Vierteldrehung nach links. Der desinteressierte Ausdruck im Gesicht meiner Zuschauerin, die sich – das möchte ich hier noch einmal ausdrücklich betonen – keine zwei Meter von mir entfernt befand, verwandelte sich derweil in fassungslosen Ekel. Beim betäubenden Brodem des Leibhaftigen, niemals zuvor war ich einer derart peinlichen Situation ausgesetzt gewesen, und meine Blase wollte und wollte nicht leer werden. Ich versuchte ein Lächeln, aber die Blonde lächelte nicht zurück. Statt dessen machte sie eine Bemerkung Richtung Beifahrerseite, wahrscheinlich so etwas wie: »Hey, guck dir mal den besoffenen Spinner da an!«

Umgehend schob sich ein weiterer Frauenkopf in mein Blickfeld. Und so waren es plötzlich *zwei* Paar Augen, die sich meinen sprudelnden Schwanz anschauten.

Als die Bahn endlich weiterfuhr, wollten mir vor Wonne fast die Tränen kommen. Aber die Prüfung war noch nicht zu Ende. Denn auch dem Sportwagen war die Starterlaubnis erteilt worden, und nun rollte er im schönsten Gleichtakt neben uns her – ganz so, als ob es eine Präsidentenlimousine zu schützen galt.

Warum die Schicksen darauf verzichteten, aufs Gas zu drücken, war nur allzu offensichtlich. Sie hatten mittlerweile Spaß an der Sache bekommen, johlten und juchzten herum wie Achtjährige beim Fröscheaufblasen, wobei sich besonders die Beifahrerin hervortat, die es nicht versäumte, mich zusätzlich durch vulgäre Gesten zu verstören. Keine Ahnung, wie es den beiden bei der ganzen Hektik gelang, den Zettel zu beschriften. Auf jeden Fall klebte das Teil irgendwann an der Scheibe und gab folgende mit schwarzem Edding gestaltete Frage preis: »Hattest du mal einen Unfall oder wächst der noch?«

Und dann war es – gepriesen sei der Herr – endlich überstanden. Ich überließ die letzten Tropfen meiner Unterwäsche (Mutti würde es schon richten) und schlich gebrochen zu meinem Platz zurück.

Melzer empfing mich mit einem anerkennenden Grinsen.

»Du hast es echt gebracht, Alter. Du hast wirklich in diese scheiß Bahn gepißt. Du bist verdammt noch mal der Härteste.«

»Scheiße, Mann. Sind wir Punks oder Versicherungsvertreter?!«

Ob es an diesem Vorfall lag, daß ich mich später während des Konzerts tödlich betrank, mögen meine Suchtberater herausfinden. Fakt ist, daß ich zu später Stunde mit blutender Fresse durch die Räumlichkeiten des Hondelager Jugendzentrums irrte und jeden, der ein Bier in der Hand hielt, mit schwerer Zunge um einen Gratisschluck anging.

Aber das erfuhr ich, wie könnte es anders sein, erst am Telefon.

Ich war mit schwerem Schädel erwacht und ins Badezimmer gewankt, um mir einen Schwall Wasser ins Gesicht zu spritzen. Dort war mir aus dem Spiegel eine derart verbeulte Visage entgegengesprungen, daß ich im ersten Moment versucht war, an eine posttraumatische Halluzination zu glauben. Jesus, wo hatte ich mir bloß all diese Verletzungen zugezogen? Ich konnte mich nicht erinnern. Genausowenig wollte mir in den Sinn kommen, wie ich den Heimweg bewältigt hatte. Immerhin *hatte* ich ihn bewältigt.

Ich beschloß, Melzer anzurufen.

»Na, schon wach?!« Er klang seltsam amüsiert.

»Nich' wirklich.« Ich hatte einige Mühe, die Kiefer auseinanderzukriegen. Ein Mißstand, für den sich Schmerzen und Scham wohl gleichermaßen verantwortlich zeichneten. »Hör mal, ich hab' ... wie soll ich das sagen ... also, mein Gesicht sieht aus, als hätt' ich mir die Zähne mit 'ner Heckenschere geputzt und, ja ... scheiße Mann, ich hab' überhaupt keine Ahnung, wieso ...«

»Na ja, du warst irgendwann ziemlich breit, weißt du.«

»Ja, und?«

»Und da bist du halt beim Pogo ausgerutscht.«

»*Ich* hab' Pogo getanzt?«

»Ja, wie ein Besessener.«

»Und dann? *Nachdem* ich hingefallen bin?«

Melzer zögerte einen Moment. Als er weitersprach, war die Belustigung aus seiner Stimme verschwunden.

»Dann hat dir einer von den *Schluckspechten* in die Fresse getreten.«

»Was?!« Ich versuchte mir die Szene vorzustellen und verspürte augenblicklich einen Batzen Angst durch meine Eingeweide turnen. Die *Schluckspechte* waren ein in der ganzen Stadt gefürchteter Haufen gewalttätiger Fußballfans. »Wieso tritt mir einer von denen in die Fresse?«

»Keine Ahnung. Aus Spaß wahrscheinlich.«

»Mann! Und wie hab' ich darauf reagiert?«

»Du hast das gar nicht mehr mitgekriegt.«

»Aber ihr, habt ihr ...?«

»Nee, die war'n zu fünft da.«

Na wunderbar. Wer solche Freunde besaß, brauchte keine Feinde mehr. Ich wechselte das Thema.

»Sind wir dann wenigstens abgehau'n?«

»Nich' sofort. Du wolltest nicht. Du wolltest noch 'n Bier trinken.«

»Und hab' ich?«

»Keine Ahnung, du hast auf jeden Fall jeden angeschnorrt, der dir über'n Weg gelaufen is'.«

»Oh scheiße, ich glaub', ich will gar nich' wissen, wie es weitergeht.«

»Na ja, viel is' nich' mehr passiert. Als du angefangen hast, dem Sänger von *Saurons Erben* das Mikrokabel aus den Händen zu reißen, *mußten* wir was unternehmen. Während ich dich nach draußen gelotst habe, hat Vornefett 'n Taxi besorgt, und dann haben wir dich nach Hause geschafft. Du warst echt im Arsch, Alter. Ich mußte dir helfen, die Tür aufzuschließen.«

Tja, da mußte ich mich am Ende wohl noch bedanken.

Gerade als ich das getan und aufgelegt hatte, lief meine Mutter an mir vorbei.

»Schön, daß du auch mal wach wirst, du Langschläfer. In zwanzig Minuten gibt's Mittagessen.«

Ich wandte mich ab, tat so, als ob ich etwas in meiner Jacke suchen würde, die zu meinem großen Erstaunen akkurat am Garderobenhaken hing.

»Tut mir leid, aber mir geht's heut nich' so gut. Ich denke, ich leg' mich noch mal hin«, nuschelte ich. Dann huschte ich an meiner Ma, die bereits in der Küche herumhantierte, vorbei in mein Zimmer.

»Aber Junge, was hast du denn? Bist du erkältet? Soll ich dir 'nen Tee bringen?«

»Nein, nein«, rief ich mit letzter Kraft. Dann warf ich mich aufs Bett.

Es war zum Erbarmen. Mein zweites Punkkonzert, und auch das hatte ich wieder nicht miterlebt - jedenfalls nicht bei *Bewußtsein*. Statt dessen hatte ich mich wie der letzte Idiot aufgeführt.

Ich tröstete mich mit dem Gedanken, daß zumindest Sid Vicious stolz auf mich gewesen wäre.

Rookie of the year

Wo es Punkrocker gab, da waren in den frühen Achtzigern auch Skinheads nicht weit. Nicht anders verhielt es sich in meiner Heimatstadt. Die kahlgeschorenen Sonderlinge tauchten in steter Regelmäßigkeit im Schloßpark auf, waren aber auch häufig genug im *Gully* anzutreffen.

Für gewöhnlich kamen sie in grünen Bomberjacken und hochgekrempelten Jeans daher, denen sie mit Hilfe des Bleichmittels *Domestos* ein fleckiges Muster verordnet hatten. Ebenfalls großer Beliebtheit erfreuten sich Hosenträger, die mal stramm über den Bierbrüsten spannten, mal lose am Heck herunterhingen.

Über die Umgangsformen, die Skins und Punks bei ihren nahezu täglichen Begegnungen an den Tag zu legen hatten, herrschte damals eine immerwährende Unklarheit. Oft genug saß und trank man zusammen. Nicht selten aber schlug das eben noch friedliche Miteinander in Gewalttätigkeiten um, wobei es (wenn mich meine Erinnerung nicht narrt) meist die Hosenträgerfetischisten waren, die den Streit begannen. Das wird wohl damit zu tun gehabt haben, daß sich in ihren Reihen noch weniger Mädchen tummelten als in der Punkszene. Wenn ich's recht bedenke, tummelten sich in ihren Reihen *überhaupt* keine Mädchen. (Mein erstes Renee sollte ich erst Jahre später in Berlin zu Gesicht bekommen.) Ein derartiger Mangel verursacht natürlich unschöne Störfälle im Hormonhaushalt. Und so vermochte das vierzehnte Bier zusammen mit der Erkenntnis, daß man, trotz aller Gemeinsamkeiten in bezug auf den Status als gesellschaftliche Randgruppe, am Ende eben doch verschieden war, den schwieligen, verhornten Fingern allzu häufig die Form von Fäusten zu verleihen.

Ausgewiesene Naziglatzen gab es damals noch nicht (zumindest nicht in meiner Gegend), auch wenn viele der Fleischmützenträger sicher faschistoides Gedankengut in ihren Gehirnattrappen logieren ließen. Weiße Schnürsenkel besaßen also keinerlei Bedeutung, Aufnäher mit dem unsäglichen Slogan »Ich bin stolz, ein Deutscher zu sein« waren noch nicht am Markt plaziert, trotzdem war es ratsam, den Umgang mit rosig schimmernden Schädeldecken auf ein Minimum zu beschränken. Ihre Besitzer reagierten einfach allzuoft wie im Unterholz versteckte Selbstschußanlagen.

Melzer sollte das eines Tages aufs schmerzlichste zu spüren bekommen. Er wartete gerade auf den Bus Richtung Heimatfront, als er von einem Skinhead namens Oinuch mit der Frage behelligt wurde, welchen Brotaufstrich er bevorzuge, Griebenschmalz oder Schweinemett. Als Melzer sich nach kurzem Überlegen für ein »weder noch« entschied, stieß ihm der Fragesteller ohne weitere Ansagen das rechte Knie in den Bereich der körpereigenen Samenbank, woraufhin der Getroffene naturgemäß zwei Minuten lang mit Atemnot zu kämpfen hatte. Das aber war längst nicht der unangenehmste Aspekt dieses Rendezvous. Weitaus deprimierender war der beschämende Umstand, daß sich Oinuch, dessen linkes Bein damals, aus welchen Gründen auch immer, in Gips steckte, auf Krücken fortbewegte.

Nur verständlich, daß mir Melzer den Vorfall erst anvertraute, nachdem ich ihm beim Gedeih meiner Sammlung jugendgefährdender Aufklärungsbroschüren geschworen hatte, darüber bis ins Grab zu schweigen. Der Versuchung, ihn angesichts der Tatsache, daß er seinen invaliden Gegner nicht verfolgt und abgestraft hatte, mit Spott zu überziehen, widerstand ich mühelos. Denn unter uns: Auch ich hätte Oinuch nicht nachgesetzt, selbst wenn er im Rollstuhl unterwegs gewesen wäre. Er war nicht nur kräftig wie der Flatus eines darmkranken Hundes, er war einfach vollkommen *irre*.

Unter anderem hatte er sich dadurch einen Namen gemacht, daß er einen dreizehnjährigen Nachwuchsskin, der ihm zwanzig Mark schuldete, auf die oberste Etage eines Parkhauses verschleppt und dort minutenlang über die Balustrade gehalten hatte. Legendär dabei sein Ausspruch: »Guck ma, die Omma da unten. Gleich kannste dir deine Klabusterbeeren an der ihrer Omme abscheuern.«

Der Kreditnehmer ward danach nur noch einmal gesehen, nämlich um mit zitternden Fingern seine Schulden zu begleichen, samt Zinszuschlag, versteht sich.

Nun könnten die eben geschilderten Geschehnisse den Schluß nahelegen, Oinuch sei mit Abstand das Gefährlichste gewesen, was die heimische Jauchegrube zu bieten hatte. Aber unermeßlich sind die Wege der Evolution, hatte sie doch zwei Menschenkinder hervorgebracht, die Melzers Widersacher an Monstrosität noch überragten. Sie wurden der dicke Ulli und der dicke Olli genannt, hätten, was ihr Äußeres betraf, als Zwillingsbrüder durchs Land marodieren können, waren aber erstaunlicherweise niemals zusammen zu sehen. Der Erstgenannte hatte sein Revier im Schloßpark, während der andere seine Schreckensherrschaft im *Gully* ausübte.

Dem dicken Ulli durfte man nur dann in die Quere kommen, wenn er seinen Rüssel Sekunden zuvor in eine Plastiktüte mit *Pattex* oder Farbverdünner gesteckt hatte; er war ein ausgewiesener Schnüffelfreak. Der dicke Olli wies keine derartige Schwäche auf, er war zu *jeder* Tages- und Nachtzeit ungenießbar. Leider hatte mich davon niemand in Kenntnis gesetzt. Und so lief ich ihm, während eines *Gully*-Besuchs, gänzlich unvorbereitet in die Arme.

Ich wollte für Inga und mich Getränke besorgen, hatte mich gerade in die menschliche Flutwelle geworfen, die wie gewohnt gegen die nach allen Seiten offene Theke brandete, als sich eine schwere Pranke auf meine Schulter legte. Ich drehte mich um und starrte in den fleischgewordenen Abguß einer Schrottpresse. Ich hatte das Gesicht des dicken Olli vor mir. Damals kannte ich seinen Namen noch nicht. Aber der bestialische Ausdruck in seinen mongoloiden Augen genügte, um meinen Pulsschlag auf Trab zu bringen.

»Schaff ma vier Bier ran, Dreckspunk!« herrschte er mich an. »Aber zügich!«

Auch wenn mich der Ausdruck »Dreckspunk« uneingeschränkt adelte (zeigte er mir doch, daß ich mich in Sachen Mode auf dem richtigen Weg befand), sah ich mich außerstande, auch nur ein Nanogramm Freude zu entwickeln. Der ungeschlachte Ekelbatzen mir gegenüber hielt kein Geld in der Hand, und er wirkte auch nicht so, als ob er vorhätte, mir später welches zu geben. Ich hatte also ein Problem: Ich konnte seinem Ansinnen Folge leisten und einen Teil meiner Barschaft opfern oder einen Teil meiner Gesundheit riskieren, indem ich mich dem Frondienst verweigerte. Stolz gegen Angst – das alte Dilemma. Ich erinnerte mich an die Jahrzehnte, die ich bis zu meinem achtzigsten Geburtstag noch vor mir hatte, und entschied mich für die mädchenhafte Variante.

Um jedwedes Risiko auszuschließen, bestellte ich vier *große* Bier. Damit waren meine Transportkapazitäten vollständig ausgelastet, weshalb ich Ingas und meine Bestellung auf später verschob.

Als ich, beladen wie die Tochter eines bayerischen Gastwirts, zu meinem Auftraggeber zurückkehrte, entdeckte ich die restlichen Nutznießer meiner feigheitsbedingten Freizügigkeit. Wie die meisten Potentaten, hielt sich auch der dicke Olli einen Wurf sklavischer Bewunderer. In seinem Fall bestand der »Zierrat« aus drei Jungglatzen, deren Körpermasse zusammengenommen gerade so eben an die ihres Herrn heranreichte. Ich sollte ihm auch später niemals ohne diese Leibgarde begegnen. Im Endeffekt war es wie bei Tolkien: Der flammenspeiende, peitschenbewehrte Balrog, der Gandalf in den dunklen Hallen von Moria entgegentritt, treibt ja ebenfalls eine Rotte Orks vor sich her.

Mein persönlicher Balrog empfing mich halbwegs wohlwollend.

»Astrein«, grunzte er. »Dafür hau ich dir erst beim nächsten Mal auf die Fresse.« Dann wies er mich an, meine Ware unter seinen Schranzen zu verteilen, wobei dem Schmächtigsten des Trios die Gunst zuteil wurde, das Glas des Meisters halten zu dürfen.

Mein Lohn bestand aus einem Hieb gegen die Stirn, dessen Wucht mich fast zu Boden warf. Ich wertete das als Signal, mich zurückziehen zu dürfen.

Inga empfing mich mit fragendem Gesichtsausdruck.

»Hey, wolltest du nicht was zu trinken holen?«

»Was? Ach so, ja ... Nee. War zu voll.«

»Na, super.«

Den Rest des Abends verbrachte ich in dem unguten Gefühl, daß der dicke Olli seine Ankündigung wahrmachen, mir also beim nächsten Zusammentreffen tatsächlich eine Arschreise verabreichen könnte, weshalb ich mir tapfer das Pissengehen verkniff und auch sonst nicht viel Spaß hatte.

Aber auf Dauer lassen sich die Schnappfallen des Schicksals natürlich nicht umgehen. Schon beim nächsten Besuch des Amüsiertempels lief ich meinem Peiniger erneut vor die Flinte.

Er erspähte mich, gerade als ich die Einlaßkontrolle passiert hatte, und ließ mir ein vielversprechendes »Heute bist du fällig!« zukommen. Eine Drohung, die sich von da an in zahlreichen Variationen wiederholen sollte. Zwar zogen die markigen Worte niemals Taten nach sich (und rückblickend betrachtet standen die wohl auch gar nicht zur Debatte), aber meine Furcht minderte das nicht, im Gegenteil. Bald genügte allein der Gedanke an geplante, nächtliche Unternehmungen, um meinen Nackenhaaren eine Erektion zu bescheren. Am liebsten wäre ich bis auf weiteres zu Hause geblieben. Aber Inga war versessen aufs *Gully*, und ich wußte nicht, wie ich ihr meine Notlage hätte schildern können, ohne an Ansehen zu verlieren. Außerdem trieb es all meine Freunde in diesen Hort des Grauens.

Als der unbarmherzige Despot allerdings begann, zum geforderten Gerstensaft auch noch Schnäpse zu verlangen, sah ich ein, daß ich mein Schweigen brechen mußte. Ich beschloß, Achmed Vornefett ins Vertrauen zu ziehen. Er war der einzige, dem ich die nötige Raffinesse zutraute, die es braucht, um einen körperlich überlegenen Gegner aus dem Feld zu räumen. Meine Einschätzung sollte sich bewahrheiten.

»Mach dir keine Sorgen«, sagte er, nachdem ich ihm die Sachlage unter allerlei Gestammel gebeichtet hatte. »Das kriegen wir hin.«

Ich fühlte Hoffnung in meinem klammen Herz keimen.

»Eins ist klar«, fuhr er fort. »Angst machen können wir ihm nicht. Also müssen wir die Schweinebacke anders aus dem Verkehr ziehen. Am besten wird's wohl sein, wenn wir dafür sorgen, daß er ein ausgedehntes Hausverbot bekommt. Und dafür brauchen wir die hier.« Bei den letzten Worten zog er seine Nachttischschublade auf und präsentierte meinen staunenden Augen eine unangenehm echt wirkende Schußwaffe.

»Wo hast du die denn her?« stieß ich aus.

»Flohmarkt«, entgegnete Vornefett, ein gütiges Lächeln auf den Lippen.

Die Hoffnung auf eine friedvolle Zukunft verschwand genau so schnell, wie sie gekommen war. Meine Einschätzung Vornefetts Raffinesse betreffend nahm sie gleich mit.

»Keine Sorge. Is' bloß 'ne Gaswumme«, versuchte mich der Waffenbesitzer zu beruhigen. »Du wirst seh'n, mein Plan ist bombensicher. Ich erklär's dir mal.«

Also ließ ich's mir erklären. »Bombensicher« war für ein Vorhaben, das zahllose Unwägbarkeiten in sich barg, natürlich zu hoch gegriffen. Aber eine Alternative schien es nicht zu geben; jedenfalls fiel mir keine ein. Außerdem war es unbestreitbar Vornefett, der das größte Risiko der Unternehmung zu tragen hatte. Und so gab ich am Ende mein Einverständnis.

Wir beschlossen, die Sache so schnell wie möglich in Angriff zu nehmen und setzten die endgültige Schlacht um die Rückkehr meines Seelenheils für den nächsten Freitagabend an.

Es wird niemanden verwundern, daß mich bereits am Nachmittag des besagten Tages eine unerquickliche Nervosität überkam.

»Du bist so hektisch heute«, wies mich Inga zurecht, nachdem ich zum wiederholten Mal den Aschenbecher vom Bett gekippt hatte.

Ich war froh, als uns die Pforten des *Gully* endlich verschluckt hatten. Und die Dinge schienen sich gut anzulassen. Zumindest war unser Opfer schon eingeflogen. Ich entdeckte ihn im Kreise seiner Mündel unweit der von ihm bevorzugten Theke. Außerdem – und das war ganz besonders wichtig – konnte ich in der Menge einige Mitglieder der örtlichen Körperschaft kuttentragender Motorradfahrer ausmachen.

Vornefett, der eine halbe Stunde nach uns eintraf, hatte die günstigen Umstände ebenfalls bemerkt. Er begrüßte mich mit dem wollüstigen Grinsen eines Raubtiers, dem man nach wochenlangem Hungern endlich wieder einen Christen in Aussicht gestellt hat.

Wir ließen eine angemessene Frist verstreichen, dann machten wir uns unter dem Vorwand, Kippen schnorren zu wollen, davon.

Auf der Treppe, die von der Empore zur Tanzfläche hinunterführte, drückte mir Vornefett ein kleines Fläschchen in die Hand.

»Nimm bloß nicht zu wenig«, raunte er mir ins Ohr.

Mein Mund war zu trocken, um zu antworten. Mit letzter Kraft gelang mir ein zustimmendes Krächzen.

Unten angekommen trennten sich unsere Wege. Vornefett machte sich in Richtung der Toiletten davon, während ich mich auf die Theke zu bewegte, an der seine fettleibige Majestät nach wie vor Maulaffen feilhielt.

Ich plazierte mich im Dunstkreis seiner übermenschlichen Schweißproduktion und ließ ein Bier kommen, das ich mit einem ordentlichen Schuß aus der Hausapotheke würzte. Dann schlenderte ich betont entspannt, ganz so, als ob ich ihn nicht gesehen hätte, an meinem Peiniger vorbei. Jeden Augenblick mußte er mich bemerken, jeden Augenblick würde sich der ausgeworfene Blinker im willfährigen Fleisch seiner Kiemen verhaken. Aber nichts dergleichen geschah. Die vertraute Pöbelei blieb aus. Auf diese Abweichung vom Handlungsmuster war ich nicht vorbereitet. Also blieb ich stehen, tat so, als ob ich etwas in meinen Taschen suchen würde. Und da! Endlich! Endlich erklangen die heiß ersehnten Worte.

»Na, gibste einen aus, Einzeller?!«

»Wie bitte?« Ich mußte mich noch nicht mal bemühen, erschrocken auszusehen.

»Hast wohl heute Geburtstag?!« Der dicke Olli ließ ein dreckiges Lachen erklingen, in das der Chor seiner Hofschranzen pflichtschuldig mit einstimmte. Dann fuhr er seine Gorillapranken aus und nahm mir mein Glas aus der Hand.

Ich bot alles auf, was mir an schauspielerischem Talent zur Verfügung stand, und versuchte den ängstlich-devoten Ausdruck so gut es ging beizubehalten. In Wahrheit hätte ich vor Freude einen Kasatschok aufs Parkett legen können. Ich hatte noch nie so gern gespendet wie in diesem Moment.

Während ich in Habachtstellung verharrte, durfte ich mit ansehen, wie sich mein Gegenüber den Zaubertrank zur Gänze in den Hals goß, ohne dabei auch nur einmal Luft zu holen. Perfekt!

»So, und nun schieb ab, du Schweinehirt.« Grunzend schlug er mir das leere Glas vor die Brust. »Verpiß dich!«

Nichts lieber als das. Ich sah zu, daß ich Vornefetts vorgeschobenen Beobachterposten erreichte.

Rauchend an einen Pfeiler gelehnt stand mein wackerer Verbündeter in einer schlecht beleuchteten Ecke, die Türen der Toiletten bestens im Blick. Ich steckte mir ebenfalls eine Kippe an und hatte ein leichtes Zittern meiner Finger zu registrieren.

»Was meinst du? Ob wir lange warten müssen?«

»Keine Ahnung«, gab Vornefett zur Antwort. »Bei meiner Mutter wirkt das Zeug normalerweise nach ein paar Minuten.«

Nun war der dicke Olli Vornefetts Frau Mama in Sachen Konstitution natürlich um einiges überlegen. Aber selbst seine mit doppeltgehärtetem Stahl ausgekleideten Organe konnten dem hochdosierten Abführmittel, das ich ihm ins Bier gekippt hatte, auf Dauer nicht standhalten.

Nach einer knappen Viertelstunde sahen wir ihn mit entschlossenem Schritt auf uns zueilen. Unwillkürlich zog ich mich weiter in den Schatten zurück. Dann war er an uns vorbei, stieß energisch die Tür zur Latrine auf. Gespannt blickte ich zu Vornefett. Der zeigte sich unbeeindruckt und gönnte mir ein diabolisches Grinsen.

Einen Augenblick später hielt er sich ein imaginäres Funkgerät vor die Lippen: »Okay, wir geh'n jetzt rein.«

»Beim Nabelbruch von Thomas Manns Cousine. Viel Glück.«

Nun hieß es warten, sprich: eine weitere Zigarette anzünden. Das Zittern hatte sich unleugbar verstärkt. Angestrengt fuhr ich in Erwartung des fälligen Geräuschs, das der Schuß aus einer Handfeuerwaffe normalerweise mit sich bringt, die erhitzten Lauscher aus. Aber außer dem stampfenden Beat irgendeiner Chartskonserve war nichts zu hören.

Dennoch mußte es einen Schuß gegeben haben, denn plötzlich – es mochten keine zwei Minuten vergangen sein – stürmte Vornefett auf mich zu und hielt, ja, war es denn zu glauben, unübersehbar den Daumen der linken Hand in die Höhe.

Hatte ich bis eben noch fest damit gerechnet, daß unser Plan zu waghalsig war, um nicht irgendwann, wenigstens aber in allerletzter Sekunde, gestoppt zu werden, mußte ich jetzt erkennen, daß die Dinge unumkehrbar ihren Lauf genommen hatten.

Viel Zeit, diesen erschütternden Gedanken zu verarbeiten, blieb mir nicht. Denn jetzt war ich gefordert. Während Vornefett in der Menge verschwand, setzte ich mich zögernd in Bewegung. Alles hing nun vom richtigen Timing ab. Ich durfte weder zu früh noch zu spät am Tatort erscheinen.

Aber auch in diesem Punkt gewährte uns der Allerhöchste seine Gunst. Gerade als ich den Vorraum des gekachelten Schlauchs betreten hatte, schwang die gegenüberliegende Tür auf und gab den Blick auf einen angeschossenen Elefantenbullen frei. Mit schmerzverzerrtem Gesicht, dessen Farbe an Kochschinken erinnerte, torkelte mir der waidwunde Koloß entgegen, wobei er Laute ausstieß, die an das Liebesspiel eines Gibbonpärchens denken ließen. Umgehend begann ich meinen einstudierten Text abzuspulen.

»Hey, wassen los?« erkundigte ich mich, so mitfühlend wie möglich.

Mit verquollenen Augen stierte der dicke Olli in meine Richtung. Er schien mich nicht wahrzunehmen. Offensichtlich hatte er einen guten Teil seiner Sehkraft eingebüßt.

Ich ging einen Schritt auf ihn zu. Erst jetzt war zu erkennen, daß die Mortadellascheibe auf seinem Hals mit einer Unzahl dunkelroter Sprenkel übersät war.

»Was is' denn passiert?« wiederholte ich.

»Ach, du bist's«, stöhnte er, während er sich die entzündeten Augen rieb. »Irgend'ne Votze hat versucht, mich mit CS-Gas zu killen. Hast du jemanden geseh'n?«

»Ja, gerade als ich reinkam, ist so'n Typ vom *MC Bluterguß* an mir vorbeigelaufen.«

»Gut. Sehr gut. Wie sah das Arschloch aus?«

»Na ja, lange Haare, Bart ...«

»Alles klar, den kauf' ich mir. Dem werd' ich die Scheiße ordentlich aussem Kopf prügeln.« Er schob mich zur Seite.

Ich sah ihm nach und entdeckte da, wo sein gebleichtes Beinkleid das mächtige Gesäß umspannte, einen dunklen Fleck von beachtlicher Größe. Scheinbar war er, bevor Vornefett ihn eingenebelt hatte, nicht mehr dazu gekommen, sich die Hose herunterzuziehen.

Ich gab ihm eine halbe Minute Vorsprung. Dann beeilte ich mich, zur Empore zurückzukommen. Mit hoher Wahrscheinlichkeit würde gleich eine zünftige Schlägerei ausbrechen, und die wollte ich um nichts in der Welt verpassen.

Außerdem, und das war nicht minder bedeutungsvoll, gab es da jemanden, dem ich schwer einen auszugeben hatte.

Unzucht mit Schutzbefohlenen

»Ja, es tut weh, wenn ich euch kämpfen seh'. Ich will mich verstecken, will nicht für euch verrecken. Ich will nicht kämpfen, will nicht sterben, will nicht euren Scheißstaat erben«, sangen *Hass* voller Inbrunst, während ich bittere Tränen der Zustimmung über meine Wangen rinnen ließ. Auch mir hatte der Scheißstaat Gewalt angetan. Er hatte mir meine Freundin genommen, hatte sie mit Hilfe von Massenmedien und Werbung dahingehend manipuliert, daß sie meinte, mich wegen eines anderen verlassen zu müssen.

Begonnen hatte das Drama mit einer eher beiläufigen Bemerkung.

»Ich glaub', wir sollten mal 'ne Pause einlegen. Uns vielleicht zwei oder drei Wochen lang *nicht* seh'n«, hatte Inga gesagt, während ich vergeblich versuchte, meine Hand unter ihren Slip zu schieben.

»Wieso das denn?« entfuhr es mir einigermaßen entgeistert. Ich meine, hey, wir waren gerade mal drei Jahre zusammen, wozu brauchten wir eine Pause?! Wäre es nicht wesentlich sinnstiftender gewesen, gleich jetzt eine Nummer zu schieben?!

Inga beantwortete meine Frage mit unerschütterlichem Gleichmut.

»Ich muß dringend über 'n paar Sachen nachdenken, brauch' einfach mal wieder Zeit für mich selbst.«

Na gut, ich wollte dieser egozentrischen Anwandlung, die ich auf die Einflüsterungen irgendeiner Frauenzeitschrift zurückführte, nicht im Wege stehen. Also warf ich mich in den anderen Teil meines Daseins, vertrieb mir die Zeit nach besten Kräften mit der Rasselbande am Lesepavillon.

Eine Woche lang war das durchaus beglückend. Als ich danach aber mehrmals bei Inga anrief und immer wieder von ihrer Mutter mit der fadenscheinigen Begründung vertröstet wurde, ihre Tochter sei beim Nachhilfeunterricht, beschlich mich die dunkle Ahnung, daß hinter dieser Geschichte mehr stecken könnte als eine Selbstfindungsneurose.

Ich sollte recht behalten. Als es mir endlich gelang, Inga am Eingang ihrer Schule abzufangen, trieb ihr mein Anblick deutlich sichtbare Anzeichen von Unwohlsein ins weißgepuderte Gesicht.

»Also, ist diese blödsinnige Pause jetzt langsam vorüber? Können wir uns wieder seh'n?« forschte ich mit der Strenge des moralisch Überlegenen.

»Äh ... eher nicht.«

»Aber warum denn bloß?« Der harsche Ton hatte einen Stich ins Weinerliche bekommen.

»Es gibt da jemanden ...«

»Wen?«

»Schmentrik.«

»*Wer?*«

»Schmentrik.«

Doch nicht etwa der Schmentrik, mit dem ich tags zuvor noch in brüderlicher Eintracht mein letztes Flaschenbier geteilt hatte? Das war doch ganz unmöglich! Ich hatte Mühe, einen Schlaganfall abzuwehren.

Wo hatten sich die beiden überhaupt kennengelernt? Normalerweise hielt sich Inga fern vom Schloßpark und dem Gesocks, das dort verkehrte.

»Na, bei dieser bescheuerten Party, zu der du mich vor kurzem mitgeschleppt hast.«

Welche Party? Etwa die, auf der ich mich aus mir nicht mehr nachvollziehbaren Gründen bis zur Besinnungslosigkeit besoffen hatte? Beim verfusselten Backenbart des letzten albanischen Walfängers, das war ja an Bösartigkeit nicht mehr zu übertreffen. Während ich über der Kloschüssel gehangen hatte, war meiner Freundin nichts Besseres eingefallen, als dieser schmierigen Kopie eines Punkrockers die Zunge in den entzündeten Hals zu stecken.

Ich ließ meinen bescheidenen Vorrat an Schimpfwörtern zum Eilappell antreten und schleuderte der untreuen Dirne meinen gerechten Zorn vor die Füße. Inga zeigte sich nur mäßig beeindruckt.

»Wir können ja noch mal reden, wenn du 'n bißchen weniger Schaum vor dem Mund hast«, sagte sie, nachdem meine Tirade geendet hatte. Dann ließ sie mich stehen.

Ich beschloß, sie augenblicklich aus meinem Gedächtnis zu entfernen.

Das allerdings erwies sich alles andere als einfach, nicht zuletzt, weil meine brandneue Exfreundin einige drastische Veränderungen an ihrem Lebensstil vornahm. Plötzlich tauchte sie nicht nur täglich am Lesepavillon auf, wo sie mit ihrer Neuerwebung ekelerregende Unzüchtigkeiten veranstaltete. Nein, Inga, die bisher aus ihrer Verachtung für Punkrock und allem, was damit zusammenhing, nie einen Hehl gemacht hatte, trug plötzlich eine abgewetzte Lederjacke über dem Schottenröckchen und schwere Armeestiefel an den Füßen. Außerdem hatte sie sich einen barbarisch geilen Iro schneiden lassen. Es war zum Amoklaufen. Da mir dafür aber die nötige Bewaffnung fehlte, blieb mir, um nicht völlig das Gesicht zu verlieren, nur eins: Ich mußte das Feld räumen.

Drei Wochen lang entließ ich allabendlich, während ich Ingas gesammelte Liebespost mit kleinen Hakenkreuzen versah, gesalzene Augenflüssigkeit in die klösterliche Einöde meines Zimmers. Dann tauchte Melzer bei mir auf und zwang mich mit kurzen, trockenen Schlägen auf den Hinterkopf zurück ins Leben, genauer gesagt in eine Diskothek vor den Toren der Stadt. Eine ehemalige Dorfschenke namens *Untenrum*, in der hauptsächlich Oberschüler verkehrten, die sich über ihr mangelndes proletarisches Bewußtsein mit übermäßigem Cannabiskonsum hinwegzutrösten versuchten. Nicht die schlechteste Umgebung, da auch Melzer und ich nach zahllosen Anläufen und todesmutigen Selbstversuchen endlich die seligmachende Wirkung des Kiffens in Erfahrung gebracht hatten.

Dessen ungeachtet beschloß ich noch auf der Hinfahrt, mir gleich nach unserer Ankunft ohne groß zu pausieren circa fünfundzwanzig Bier in den Hals zu stecken. Aber dazu kam es gar nicht. Noch bevor ich meine erste Bestellung aufgegeben hatte, sprach mich ein mir unbekanntes Mädchen an. Sie sei erst vor kurzem hierher gezogen. Ob ich nicht wüßte, wo man in diesem Laden gutes Koks bekommen könne.

Natürlich hatte ich nicht den Hauch einer Idee – Kokain kannte ich nur aus dem Fernsehen –, aber ich log, als ob ich bereits ein Jahrzehnt in der Medienbranche gearbeitet hätte, erzählte von einem Freund, der später noch vorbeikommen und »hundertprozentig« ein paar Gramm auf Tasche haben würde.

So sicherte ich mir die Gesellschaft der Fremden, die sich unter dem Namen Christine vorstellte. Sie war keine Schönheit, ja, erinnerte mit ihrem bleichen, kahlrasierten Schädel ein wenig an eine Billardkugel. Aber sie schminkte sich die Augen wie Siouxsie von *Siouxsie And The Banshees*, und sie hatte das *Crass*-Zeichen auf ihrer Jacke. Außerdem rückte sie dem von mir bezahlten Gin-Tonic mit einer Geschwindigkeit zu Leibe, die selbst einem weißrussischen Kriegsveteranen zur Ehre gereicht hätte. Ein Umstand, der den vermeintlichen Freund und Marschierpulverbesitzer bald in Vergessenheit geraten ließ. Statt dessen plauderten wir angeregt über Mundfäule und südamerikanische Bestattungsriten, während Melzer vergeblich versuchte, minderjährige Pennälerinnen durch die Imitation eines Felsblocks zu beeindrucken.

Als mein getreuer Banknachbar nach vier Stunden reglosen Verharrens aufs äußerste verspannt zum Aufbruch blies, hatte ich nicht nur die ersehnte mittelschwere Alkoholvergiftung, sondern auch eine Telefonnummer in der Tasche.

Gleich nachdem mein Kater am nächsten Nachmittag zurück ins Tierheim verbracht worden war, übermittelte ich die verheißungsvollen Zahlen der Wählscheibe, und tatsächlich gelang es mir, mich mit meiner neuen Bekanntschaft zu verabreden.

Wir trafen uns im Schloßpark. Aber es war ausnehmend kalt an diesem Oktoberabend, und so wollte sich die – zumindest von mir ersehnte – Romantik nicht recht einstellen. Zu allem Überfluß sorgte die winterliche Witterung dafür, daß sich weder Inga noch Schmentrik einfanden, um meinem Triumph die fällige

Mißgunst zu zollen. Um genau zu sein, waren wir die einzigen, die sich an diesem schicksalsschweren Tag zum Lesepavillon gewagt hatten. Geld, um irgendwo einzukehren, besaßen wir beide nicht, und in Christines Wohnung war es, so sagte sie zumindest, nicht weniger kalt, da ihr Ofen ausgefallen wäre. Und so entschloß ich mich, sie mit zu mir zu nehmen, sprich: sie meinen Eltern vorzustellen.

Ich weiß nicht, ob es daran lag, daß Christines Netzstrumpfhose an diesem Tag ein paar Laufmaschen aufwies oder ob meine Mutter einfach nicht in Stimmung war. Kaum daß ich das *Siouxsie-Double* jedenfalls in die Küche gelotst hatte, verweigerte ihr die wohlerzogene Dame, die jahrelang für mein Schulbrot verantwortlich zeichnete, auch schon das Bleiberecht.

»Die Schlampe kommt mir nicht ins Haus!« schrie sie.

Eine Unhöflichkeit, die ich persönlich nahm. Also ging ich gleich mit, kehrte dem elterlichen Heim bis auf weiteres den Rücken, was den Vorteil besaß, daß ich endlich über meine Zeit und mein Geld frei verfügen konnte.

Leider hatte ich kaum Geld. Und so stellte sich nach zwei verschwenderischen Wochen die Frage, wie es weitergehen sollte. Zumal Christine, in deren WG-Zimmer ich fürs erste untergekommen war, von der Fürsorge lebte.

»Wir könnten heiraten«, schlug sie eines Abends vor, als wir gerade mal wieder versuchten, mit Hilfe von Briefumschlägen gebrauchte Zigaretten in neue zu verwandeln.

Ich sah sie erstaunt an.

»Wieso?«

»Mein Alter hat für mich vor Jahren 'ne Aussteuerversicherung abgeschlossen. Da müßten mittlerweile so zwischen zwölf- und vierzehntausend Mark zusammengekommen sein.«

»Ach.«

»Achttausend für mich. Tausend für 'ne Party, und der Rest für dich.«

Und so heirateten wir – bescheiden, wie es sich für echte Idealisten gehört, mit einer Büchse *Karlsquell* für jeden, der sich zum Standesamt bewegt hatte, um sich das Spektakel vor Augen zu führen. Meine Eltern waren verständlicherweise zu Hause geblieben.

Gleich am nächsten Tag fuhr Christine nach Bayern, um ihrer Familie einen Besuch abzustatten. Als sie eine Woche später zurückkam, hatte sie schlechte Nachrichten im Gepäck.

»Die Kohle existiert nicht mehr. Mein Vater hat die Versicherung vor zwei Jahren aufgelöst, um Spielschulden zu bezahlen.«

Ich wußte nicht, ob ich das glauben sollte. Aber es war ohnehin nur noch bedingt von Bedeutung. Denn während sich das mir anvertraute Weib in ihrer alten Heimat mit Germknödeln und Leberkäse verwöhnt hatte, war es in meinem Leben zu einer entscheidenden Veränderung gekommen. Gegen die Zusage, das Abitur zu beenden, hatten sich meine ehemaligen Erziehungsberechtigten dazu bereit erklärt, mir eine eigene Wohnung zu finanzieren. Und so verfügte ich, als Christine zurückkehrte, bereits über eine schmucke Ein-Raum-Zelle in einer Altbausiedlung unweit der Innenstadt. Daß die bajuwarischen Tausender in die ewigen Jagdgründe entschwunden waren, war also nicht wirklich schlimm (wenn es um die geplante Orgie auch schade war). Schlimm, ja nachgerade katastrophal war allein der Umstand, daß Christine, kaum daß ich ihr meine neue Herberge voller Stolz präsentiert hatte, umgehend bei mir einzog. Das heißt: Sie kam, übernachtete bei mir und ging einfach nicht mehr nach Hause. Das allein wäre wohl noch zu verkraften gewesen. Aber die Frau, deren Nachnamen ich seit neuestem trug, ließ es bei ihrer bloßen Gegenwart nicht bewenden. Vielmehr legte sie plötzlich Verhaltensweisen an den Tag, die auf ein seltsam *traditionelles* Verständnis des Eheversprechens hindeuteten. Verhaltensweisen, die auf keinen Fall zu tolerieren waren.

Der Horror begann bereits vierundzwanzig Stunden später. Ich hatte mich ausnahmsweise in die Schule gequält und schloß nun, voller Vorfreude auf ein paar Stunden Schlaf, die Tür zu meiner ersten eigenen Wohnung auf, als mich im Flur ein seltsamer Geruch begrüßte. Verdammt, was mochte das sein? Irgendeine neue Marihuanasorte? Ich steuerte gespannt in die Küche. Und da sah ich es. Auf dem Herd brodelten Töpfe vor sich hin, auf dem Tisch tummelte sich blitzblankes Geschirr. Mitten in diesem Irrsinn stand Christine und lächelte mich an.

»Schön, daß du kommst. Is' gleich fertig.«

Heiland, was *war* das? Ein Witz? Eine Parodie auf das Leben unserer Eltern? Ich ließ mich wortlos auf einen Stuhl fallen und wartete darauf, daß die versteckte Kamera sich outen würde. Aber der lächelnde Showmaster kam nicht. Statt dessen kam das Mittagessen: Nudeln mit Erbsen und in Scheiben geschnittenen Würstchen.

»Ich hab' eigentlich gar keinen Hunger«, stieß ich aus.

»Och, komm schon. Ich hab' auch noch superleckeres Eis gekauft.« Siouxsies große Augen warfen mir einen flehentlichen Blick zu.

Was hätte ich tun sollen?! Was hättet Ihr getan? Ich war knappe achtzehn Jahre alt und hatte vom Zusammenleben der Geschlechter soviel Ahnung wie eine Termite vom Angeln. Ich quälte mir einen halben Teller Nudeln in den Magen und schob eine Ladung *Langnese Erdbeer* hinterher. Es schmeckte mir nicht, aber ich riß mich zusammen.

»Wie war's in der Schule?« fragte Christine, während sie die Regungen meines Gesichts beobachtete.

»Äh, wie immer.«

»Nichts Besonderes? Keine Klausuren oder so was? *Erzähl* doch mal 'n bißchen ...«

Mann, es blieb mir nichts erspart.

Nach dem Essen wusch sie ab. Was auch sonst?! Ich holte derweil die kleine Kiste mit dem Dope aus ihrem Versteck. Alles, was ich jetzt wollte, war Kontemplation, und zwar beim geruhsamen Basteln einer Haschzigarette.

Aber auch die war schon fertig. Als ich den Deckel anhob, grinste sie mir boshaft entgegen.

»Hab' ich gewußt, daß du nach dem Essen kiffen willst.« Christine schenkte mir erneut ein Lächeln.

»Ja, wirklich *fürsorglich* von dir.« Ich verzog mich mit der Tüte ins Bett und spendierte dem, was ich gerade erlebt hatte, eine Kurzanalyse.

Das wilde Leben, das ich mir erträumt hatte, war das nicht. Ja, noch nicht mal der Ansatz davon. Bei dem Begriff Ernährung dachte ich an Fertigpizza, Gyros und Bier und an einen Abwasch, der alle paar Monate in der Badewanne getätigt wurde. Ich wollte frei und selbstbestimmt leben, und dazu gehörte für mich zwingend eine Umgebung, die meine Eltern ohne Umschweife als Schweinestall bezeichnet hätten. Eins stand fest: *So* konnte es nicht weitergehen.

Aber natürlich ging es so weiter. Christine entwickelte echte Hausfrauenqualitäten. Sie kaufte ein, kochte, wusch ab und werkelte alle naselang mit irgendwelchen Reinigungsgeräten herum – meist begleitet von furchterregender Musik. Sie hatte sich zwar, wie bereits erwähnt, das *Crass*-Zeichen auf die Jacke gemalt, aber sie *hörte* etwas vollkommen anderes, hauptsächlich *Billy Idol*, *Falco* und *Madonna*. Ich hatte diesem Treiben nicht viel entgegenzusetzen. Inga hatte mich, kurz bevor unsere Jahrtausendliebe so jäh zu Ende gegangen war, genötigt, das Buch »Der Tod des Märchenprinzen« aus der Feder einer gewissen Svende Merian zu lesen, und seitdem ging ich fest davon aus, daß jedwede Unmutsäußerung in bezug auf weibliches Verhalten meiner damaligen Gesinnung (die ich gern als linksradikal bezeichnete) schwerstens zuwiderlief.

Demgemäß kam es mir auch nicht in den Sinn, eine andere, ebenfalls nervtötende Eigenart meiner Gattin zu geißeln. Sie wollte soviel Zeit wie möglich mit mir verbringen, und zwar mit mir *allein*. Ausgehen stand auf ihrer Wunschliste ganz unten (es sei denn, im Kino lief ein Madonnafilm). Also blieben Fernsehen oder Vögeln, wobei gerade Letzteres, also der eheliche Beischlaf, schon bald zur Tortur wurde, da Christine hier eine ebenso große Maßlosigkeit an den Tag legte wie beim Saugen oder Staubwischen. Auf ewig hat sich mir dieser gewollt lüsterne Blick eingebrannt, den sie mir, lasziv am Türrahmen lehnend, drei- bis viermal am Tag entgegensandte.

»Komm, laß uns ficken!« befahl sie dann, bevor sie sich auf meinen Schwanz stürzte und ihn mit Zähnen, Zunge und Fingern bearbeitete, während ich versuchte, das Bildschirmgeschehen im Blickfeld zu behalten.

Manch einer meiner Leser mag derartige Zustände paradiesisch und den Verfasser dieser Zeilen einen Idioten nennen. Ich möchte aber zu bedenken geben, daß ich mich nebenbei aufs Abitur vorzubereiten, also allerlei Geistesarbeit zu erledigen hatte. Nein, paradiesisch waren diese Attacken auf mein Fortpflanzungsorgan in keiner Weise. Vielmehr stellten sie eine Form konstanter sexueller Nötigung dar, die ich genauso klaglos ertrug wie all die anderen Marotten des mir angetrauten Weibes.

Natürlich gab es auch Momente, in denen selbst ich an einer Auseinandersetzung nicht vorbeikam. So zum Beispiel, als Christine diesen »Jeanny lebt!«-Aufkleber an meiner Wohnungstür anbrachte, oder als sie den Badezimmerschlüssel wegschmiß.

»Hey, wo ist der Kloschlüssel?« rief ich aus, als ich sein Fehlen entdeckte.

»Wozu brauchen wir einen Kloschlüssel?! Wir *leben* zusammen.«

Hier galt es einzuschreiten. Das Badezimmer war das letzte Refugium in meinem okkupierten Heim, der einzige Ort, der noch Schutz vor Übergriffen und Raum für besinnliche Momente geboten hatte. Nun war also auch diese Oase unwiederbringlich dahingemeuchelt. Kein Wunder, daß ich zu einer wüsten Tirade ansetzte. Aber noch bevor ich halbwegs in Fahrt gekommen war, ließ das Siouxsie-Double vor mir bereits betörende Tränen über ihre Wangen rinnen. Und damit hatte sich auch das erledigt. Fortan entleerte ich meinen Darm unter der beklemmenden Prämisse, daß jeden Moment die Tür aufgehen konnte. Und das tat sie dann auch regelmäßig.

»Flucht ist keine Lösung«, lautet eine alte Weisheit von Hildegard Hamm-Brücher. Ein Satz, der auf politischer Ebene durchaus stimmen mag, auf der privaten eher weniger. Ich jedenfalls verbrachte bald soviel Zeit als möglich außer Haus, was nichts anderes hieß, als daß ich an sieben Abenden der Woche mit Vornefett und Melzer unterwegs war. Eine Maßnahme, die beängstigend schnell zu fortdauernden Szenen führen sollte.

»Sag mal, weißt du eigentlich, wie *spät* es ist?«

»Na ja, drei, oder?!«

»Es ist halb *sechs*!«

»Oh.«

»Meinst du eigentlich, es macht Spaß, hier den ganzen Haushalt zu schmeißen und dann die liebe lange Nacht auf dich zu warten, während du mit deinen bescheuerten Freunden rumziehst?!«

»Du könntest ja mal mitkommen ...«

»Damit ich dir beim Saufen zugucken kann, oder was?!«

Es war eine einzige Abwehrschlacht. Christine drohte mit Freitod und schmiß sich auf die Bahnschienen, wo sie beinahe zwei Stunden lang liegen blieb, bis ich ihr endlich klarmachen konnte, daß diese Strecke schon seit Jahren nicht mehr befahren wurde. Christine drohte mit Scheidung, brach aber ob meiner raschen Einwilligung erneut in Tränen aus. Christine drohte mit Auszug, vergaß diesen Plan aber wieder.

Ich stand das alles durch, zog weiterhin wacker um die Häuser, hatte mit Bier und Hasch aber auch zwei getreue Verbündete zur Seite. Das Naheliegendste, nämlich unsere Beziehung einfach zu beenden, kam mir noch nicht mal ansatzweise in den Sinn. Hier mußte erst das Schicksal tätig werden.

Nachdem ich wieder einmal bis in die frühen Morgenstunden in irgendeinem zugeräucherten Loch versackt war, gab ich mir beim Nachhausekommen verständlicherweise Mühe, die Tür besonders leise zu öffnen. Und siehe da: Diesmal schien ich Glück zu haben. Als ich mich durch das Halbdunkel bis in die Küche vorgetastet hatte, sah ich Christine im Nebenzimmer auf dem Bett liegen. Scheinbar war sie beim Lesen eingeschlafen, darauf ließ zumindest das Buch schließen, das sie ungefähr auf Bauchnabelhöhe in den Händen hielt. Ich griff mir ein letztes Bier aus dem Kühlschrank, ließ mit aller gebotenen Vorsicht den Verschluß aufschnappen und schlich dann in Richtung der ehelichen Schlafstatt, wo ich in friedvolles Vergessen abzutauchen gedachte. Dieser an sich wohlfeile Plan erwies sich jedoch als undurchführbar.

Kaum daß ich nämlich ans Bett getreten war, tat die scheinbar Schlafende einen gellenden Schrei und schnellte wie ferngesteuert in die Senkrechte. Ein Szenario wie in der Geisterbahn - mit dem großen Unterschied, daß mein Erschrecken *echt* war. Aber viel Zeit für den Infarkt blieb mir nicht. Denn schon kam das Buch auf mich zu, dessen metallener Glanz verdächtig nach Brotmesser aussah.

Jetzt galt es, alles in die Waagschale zu werfen, was ich aus den zahllosen Kampfsportfilmen, mit denen uns Vornefett regelmäßig fütterte, gelernt hatte. Ich duckte mich weg und verpaßte der Frau, die ich bis an das Ende meiner Tage zu achten und zu ehren gelobt hatte, einen kräftigen Hieb gegen die Kinnlade. Das Messer rutschte an meinem Oberarm ab, die Messerschwingerin ging zu Boden. Es wurde Zeit für ein Gespräch.

Ich legte die Tatwaffe auf den Kleiderschrank, wickelte mir ein Küchenhandtuch um die Wunde und steckte für Christine und mich je eine Zigarette an.

»Du bist *so* ein Arschloch!« sagte sie.

»Ich weiß. Aber ich halt's hier einfach nicht mehr aus.«

»Wieso? Ich mach' doch alles für dich ...«

»Eben«, sagte ich.

»Eben? Was soll 'n das heißen?«

»Das heißt, es *nervt*.«

An diesem Punkt sprang Christine noch einmal auf, hechtete zum Schrank und griff erneut nach dem Messer. Aber es war keine wirklich motivierte Aktion. Die Luft war raus. Ich konnte ihr das gefährliche Werkzeug ohne Gewaltanwendung aus der Hand nehmen.

Am nächsten Tag fuhr sie nach Bayern, diesmal für immer, während ich mich voller Elan daran machte, meine erste eigene Wohnung in eine Müllhalde zu verwandeln.

Magischer Teppichritt in die Frühinvalidität

Natürlich hatte ich mich, kaum daß ich der elterlichen Knute entronnen war, sofort daran gemacht, mein Äußeres endlich der Schablone meiner lang gehegten Sehnsüchte anzupassen.

Als erstes galt es, den biederen Fassonschnitt über Bord zu schmeißen und durch einen zünftigen Hahnenkamm zu ersetzen. Ich ließ mir dabei von Melzer zur Hand gehen, zahlte für diese Wahl aber einen hohen Blutzoll, da mein Banknachbar sich an der Rasierklinge als echter Laie herausstellte. Immerhin unterstrichen die circa zwanzig Scharten, die er meiner Kopfhaut verabreichte, die Intention der neuen Frisur, nämlich Angst und Ekel zu verbreiten, aufs trefflichste.

Plötzlich genoß ich jeden Schultag, jeden Gang zum Supermarkt und jedes Gespräch mit der verkniffenen Sachbearbeiterin meiner Bank. Denn wo ich auch auftauchte, signalisierten mir die Blicke meiner Mitmenschen, daß sie mich für einen ausgemachten Widerling hielten. Noch aber fehlte mir für die Wandlung von Muttis Liebling zum Kleinstadt-Sid-Vicious das Wichtigste, nämlich eine Lederjacke.

Liebevoll von Hand bemalt, mit Nieten, Badges und anderem Schnickschnack versehen, stellte dieses Kleidungsstück in den Weiten des Punkrock einen Gegenstand geradezu kultischer Verehrung dar. An der Verbesserung ihres Äußeren wurde ständig gearbeitet. Sie durfte selbst im Hochsommer nicht zu Hause gelassen werden, war dann vielmehr in einer bestimmten Weise über der Schulter zu tragen, und mir ist zumindest ein Fall bekannt, bei dem diese abgöttische Liebe einen mehrjährigen Entzug der Freiheit zur Folge hatte.

Ein Vertreter unserer kleinen Gemeinde, ein gewisser Steiner, war, wie es damals häufig vorkam, nach Westberlin gefahren, um mit dort ansässigen Rabauken kräftig dem Vollrausch zu frönen. Es muß Nachmittag gewesen sein, und es wird wohl die Sonne geschienen haben, als man sich entschloß, das geplante Gelage auf einer der zahllosen gesperrten Brücken stattfinden zu lassen, die die Stadt einstmals mit ihrem Ostteil verbanden. Ein Unternehmen, das den »allseits wachsamen Verteidigern des antiimperialistischen Bollwerks« natürlich nicht verborgen blieb. Das erste Bier war noch nicht geleert, als am anderen Ende der Brücke bereits eine Patrouille auftauchte, die sich anschickte, den Grenzverletzern auf den Zahn zu fühlen. Natürlich stürmte alles davon, erreichte auch heil das westdeutsche Ufer, als Steiner auffiel, daß er seine Jacke zurückgelassen hatte. Ohne auch nur einen Gedanken an die nahende Gefahr zu verschwenden, überwand er erneut die Absperrung und sprang auf die morschen Bohlen, um das gute Stück, das ihn immerhin seit drei Jahren begleitete, zu bergen. Diesmal allerdings überschätzte er seine Schnelligkeit. Er ging den »Kämpfern für den Frieden« ins Netz, wurde kurzerhand verhaftet und verbrachte drei Jahre hinter Gittern, bis sich die damalige Bundesregierung endlich entschließen konnte, ihn freizukaufen. Drei Jahre – also eins für jedes, das er mit dem Objekt seiner Begierde verbracht hatte.

Und nun brauchte auch ich so eine heilige Rüstung, diesen konformen Ausdruck der vom Punkrock allseits gepredigten Nonkonformität. Um die nötige Barschaft beizubringen, trug ich meine komplette Comicsammlung auf den Flohmarkt. Dann erstand ich eine gebrauchte Motorradjacke, die erfreulicherweise derart abgewetzt war, daß ich sie mit dem ebenfalls gekauften Schmirgelpapier nur noch geringfügig bearbeiten mußte.

Heißa, was waren die kompletten Jahrgänge von *Asterix* und *Lucky Luke* gegen dieses erlesene Produkt des Gerbereiwesens?! Ich posierte einen halben Nachmittag vor dem Spiegel. Dann machte ich mich mit Hilfe von *Airfix*-Farbe an die fällige Beschriftung. Ich malte ein Fadenkreuz auf die Rückenpartie, neben das ich in runenartigen Lettern die Aufschrift »Schieß doch Bulle!« setzte. Darunter kamen, selbstverständlich in einer anderen Farbe, die Buchstaben »A.C.A.B.«, was nichts anderes heißen sollte als »All Cops Are Bastards«. (Merke: Die Verunglimpfung der staatlichen Sicherheitsorgane stellt seit jeher ein wichtiges Element der Punkkultur dar.) Den Bereich des rechten Oberarms versah ich mit der kryptischen Formel »ANOK4U2« - von Eingeweihten als »Anarchy is okay for you too« zu deuten.

Wie die meisten meiner Altersgenossen wußte ich nicht wirklich, was Anarchie bedeutete, aber der Begriff klang nach Verweigerung, Krawall und Rebellion, war also genauso willkommen wie die Zeile »Kein Herr - kein Knecht«. Die Lücken zwischen diesen natürlich von den Jacken älterer Semester abgekupferten Lippenbekenntnissen füllte ich mit den Namen der von mir favorisierten Bands und einer stilisierten Abbildung von Stacheldraht.

Derart zum mündigen Bürger gereift begab ich mich sogleich zum Lesepavillon, um mir aus dem Mund meiner Idole die ersehnten Beifallsbekundungen abzuholen. Leider ließen die auf sich warten. Bis auf Unruh, der mir für die Jacke einen Zehner bot, rief meine Verwandlung keinerlei Reaktionen hervor. Wenigstens flakkerte in den Augen von Melzer, Vornefett und Properski so etwas wie Neid auf, und das zu Recht: Mit meinem neuen Äußeren war ich zumindest von unserer Viererbande, und damit auch an der Schule, der Auffälligste.

Ein Status, der mir zwei Monate später im übrigen ein erstaunliches Angebot eintragen sollte.

Wir hatten gerade unsere schriftlichen Abi-Ergebnisse erfahren und schwärmten zum nahegelegenen Supermarkt, um uns mit Spirituosen einzudecken, als mich Sonja Zwerenz, eine im Tennis, Voltigieren und Spitzentanz geschulte Hanseatentochter, die mich in den letzten Jahren nicht *eines* Blickes für würdig befunden hatte, mit einem Mal zur Seite nahm.

»Ich will, daß du's mir nachher noch richtig besorgst. Und zwar hier auf dem Schulgelände«, sagte sie, während ihre Rechte fordernd meinen Schritt erkundete.

»Aber ... aber ... wieso *ich?*«

»Weil du von all den Typen aus unserem Jahrgang der mit Abstand Verkommenste bist.«

Was so ein bißchen Mummenschanz doch ausmachen kann.

Ich zog es statt dessen vor, mich in Rekordgeschwindigkeit ins

Koma zu saufen. Um derart hochgesteckte Erwartungen zu erfüllen, verspürte ich einen zu großen Mangel an Lebenserfahrung.

Noch aber lag diese im Nachhinein natürlich unverzeihliche Unterlassungssünde in weiter Ferne. Noch konnte ich mich uneingeschränkt dem Hochgefühl modischer Ausschweifungen hingeben. Da mir meine ursprünglich fabrikneuen Springerstiefel nach wie vor zu »gepflegt« erschienen, ersetzte ich sie durch ein Paar gebrauchte, um dessen rechten Vertreter ich eine dieser rot-weißen Sicherheitsketten wickelte, von denen dereinst im bundesdeutschen Bau- und Parkplatzwesen reger Gebrauch gemacht wurde. Angetan mit dem ausnehmend verbeulten Schuhwerk aus den Beständen »unserer transatlantischen Verbündeten« dauerte es nicht lange, bis ich mir den für Punkrocker typischen Gang angeeignet hatte: ein ebenso trotziges wie überhebliches Schlurfen, dem dennoch eine gewisse Spannkraft innewohnte. Den dazugehörigen abweisenden Gesichtsausdruck beherrschte ich, wie die meisten Pubertierenden, von selbst.

Endlich sah ich so aus wie die grimmigen Gestalten, die die Cover meiner Plattensammlung bevölkerten. Da machte es gleich dreimal soviel Spaß, einen der schwarzen Rundlinge aus der Hülle zu ziehen. Seitdem Christine ins christlich-soziale Abseits zurück - gegangen war, wurde auf meiner Anlage ausschließlich *belebende* Musik gespielt, und das in einer Lautstärke, wie sie *Blitzkrieg* in ihrem Song »Meine Nachbarn« nachdrücklich eingefordert hatten.

Christine war es im übrigen zu verdanken, daß mein Erscheinungsbild von einem ganz besonderen Detail gekrönt wurde, hatte sie doch einstmals beschlossen, unsere Vermählung nicht durch die herkömmlichen Ringe, sondern durch Nasenstecker dokumentieren zu lassen.

Schade, daß damals niemand mit einer Kamera vor Ort war. Zu gern würde ich mir noch einmal die geweiteten Augen der Standesbeamtin anschauen, als uns, nach ihren ohne Zweifel prophetischen Worten (»Und so wünsche ich Ihnen beiden ein Leben in vollendeter Harmonie«) der jeweilige Trauzeuge den linken Nasenflügel mit einer Reißzwecke durchbohrte.

Piercing, zumindest in seiner institutionalisierten Form, hatte die werktätigen Massen noch nicht heimgesucht, stand, wie auch Tätowierungen, nur bei einer Minderheit auf dem Wunschzettel. Und so trug ich dieses Pfand einer kompostierten Liebe mit dem Stolz des Verachteten, auch wenn es sich alle drei Tage aufs neue entzündete und sich ständig Rotz darin verfing.

Um meine Abkehr vom Durchschnittsgeschmack einer möglichst *breiten* Öffentlichkeit zu präsentieren, hatte ich alsbald beschlossen, die Schule nur noch sporadisch zu besuchen und statt dessen damit begonnen, nach dem mittäglichen Aufwachen durch die Innenstadt zu streifen.

Bei einer dieser Wanderungen begegnete mir ein Bursche, der einen handelsüblichen Schlagstock geschultert hatte – eins dieser pechschwarzen Phallussymbole, wie sie normalerweise von den Hirten desorientierter Demonstranten benutzt werden. Seine Lederhose, sein ausgewaschenes, selbstgebatiktes Shirt und sein nicht vorhandener Haarschnitt wiesen den Bewaffneten eindeutig als Freak aus, also als einen jener äußerlich eher am Hippietum orientierten Cannabisjünger, die mit Punkrock nur bedingt zu tun hatten. Aber die Grenzen zwischen den einzelnen, sich der gesellschaftlichen Wirklichkeit verweigernden Jugendkulturen waren damals nicht so fest gezogen, und so entschloß ich mich zur Kontaktaufnahme.

»Hey, schmucker Schlagstock.«

Der Freak blieb stehen, ließ seine Waffe von der Schuler gleiten und musterte sie mit finsterem Blick.

»Ja, amtliches Teil, das hoffentlich noch heute zum Einsatz kommen wird«, sagte er.

Klar, daß ich neugierig wurde.

»Wieso? Was hast 'n damit vor?« Ich reichte ihm ein Päckchen *Schwarzer Krauser*, aus dem er sich bereitwillig bediente.

»Ich suche einen gewissen Unruh. Der hat mir gestern absolut beschissenes Hasch verkauft.« Geschickt drehte er sich eine Kippe. Dann warf er mir einen eindringlichen Blick zu. »Du kennst den nicht zufällig?«

Ich schmiß den G-Lader meiner Denkmaschine an. Auch ich hatte mit Unruh noch eine Rechnung offen. Demgemäß konnten seine Feinde nicht die meinen sein. Dennoch war Vorsicht geboten. Unruh war gefährlich. Ich durfte mich nicht zu weit aus dem Fenster lehnen.

»Flüchtig«, sagte ich deshalb. »Ich weiß nur, daß er hin und wieder im Schloßpark abhängt.«

»Gut. Sehr gut. Hast du Bock, mich zu begleiten? Du könntest mir zeigen, wo das is'.«

»Lohnt sich nich'. Um die Zeit ist da meist noch keiner. Aber, hey, wieso weißt du nicht, wo der Schloßpark liegt?«

»Bin erst seit drei Tagen in der Stadt.«

»Ach so. Woher kommst 'n?«

»Aus Soltau.«

Im weiteren Verlauf des Gesprächs stellte sich heraus, daß Knorpel, wie sich mein Gegenüber nannte, eine eher unwirtliche Bleibe behauste. Er hatte aus seiner alten Heimat wegen eines mißglückten Drogengeschäfts flüchten müssen, in das, so behauptete er zumindest, nicht nur der örtliche Rockerclub, sondern auch mehrere korrupte Zivilbullen verwickelt waren. Fürs erste war er nun bei einem alten Freund untergekommen, der bereits seit geraumer Zeit an der Nadel hing und sich insofern als schlechter Gastgeber erwies, als daß er in Ermangelung anderer Geldquellen angefangen hatte, Teile der knorpelschen Habe zum Pfandleiher zu tragen.

Ohne zu zögern bot ich dem derart Gebeutelten an, eine Zeitlang bei mir zu wohnen. Damals fühlte ich mich inbrünstig dazu berufen, dem Elend dieser Welt noch persönlich zu Leibe zu rücken und glaubte fest daran, daß Gutes ausschließlich mit Gutem vergolten würde.

»Echt?! Das ist ja phantastisch.«

Das strahlende Lächeln, das mir mein Vorschlag einbrachte, bestärkte mich nur in meinem törichten Glauben.

»Ja, wenn du willst, können wir gleich deine Sachen holen.«

»Das kann ich auch später allein machen. Jetzt besorgen wir uns erst mal 'n paar Bier, damit wir diesen gelungenen Schachzug des Schicksals gebührend feiern können.«

Gesagt, getan. Wir fuhren mit dem Bus in mein Viertel und enterten den Supermarkt. Als wir mit einer Palette *Karlsquell* an der Kasse standen, stieß mir Knorpel jovial den Ellbogen in die Seite.

»Hey, ich geb' selbstverständlich einen aus. Aber ich bin grad 'n bißchen klamm. Könntest du mir vielleicht ...? Sobald ich mich beim Sozialamt gemeldet habe, kriegst du's zurück.«

Ich kramte in den Taschen meiner Jeans und überließ ihm meinen letzten Zwanziger.

In meiner Wohnung angekommen, unterzog Knorpel sein neues Zuhause einer kritischen Musterung.

»Haste nichts von *Mammut* oder *Baumstamm*?«

»Nee.«

»Na, ich bring' ja nachher *meine* Platten mit.«

Als er dieses Vorhaben drei Stunden später beschwingt in Angriff nahm – die Einnahme des Gerstensafts war nicht ohne Wirkung geblieben –, gab ich ihm meinen Zweitschlüssel. Ich mußte meinerseits noch einmal aus dem Haus, da ich Melzer versprochen hatte, ihm die neuste *Testtubebabies* vorbeizubringen. Auch diese soziale Verpflichtung verlief biersubstituiert, und so war ich bereits einigermaßen hinüber, als ich zum letzten Mal an diesem Tag die Tür zu meiner Buchte aufschloß.

Knorpel war offenbar vor mir zurückgekommen, das verrieten ein Armeerucksack und mehrere Plastiktüten, die sich in einer Ecke der Küche aneinanderdrängten. Der Besitzer dieser Gegenstände ließ sich allerdings nicht auffinden. Wahrscheinlich war er einen zweiten Schwung holen gegangen. Dafür hatte er mir eine kleine Aufmerksamkeit zurückgelassen. Auf der Tischplatte lag ein schwarzer Krümel, den ich, trotz der Sehstörung, die mir der Besuch bei Melzer eingetragen hatte, unschwer als Schwarzen Afghanen identifizieren konnte. Na, das war doch ausnehmend nett von meinem neuen Mitbewohner.

Ich zerrieb den Brösel mit den Fingern, stopfte das derart gewonnene Häufchen in ein Schillum und überführte »das kleine Glück des Hindukusch« in meine Lungen.

Auf die ersehnte Wirkung aber wartete ich vergebens. Ich führte das darauf zurück, daß das, was ich da gerade geraucht hatte, ein Teil der Billigware aus Unruhs unlauterem Nebenerwerb gewesen sein mußte.

Knorpel, der eine halbe Stunde später mit weiteren Plastebeuteln bei mir einlief, vermochte diese Vermutung leider nicht zu bestätigen. Als ich auf den Vorfall zu sprechen kam, sah er mich einen Moment lang ungläubig an, nur um gleich darauf in schallendes Gelächter auszubrechen.

»Das war kein Schwarzer Afghane«, stieß er nach Luft ringend hervor. »Auch kein gestreckter ... Das war ... Das war ... Das war lupenreine *Rattenscheiße.*«

»Rattenscheiße? Wieso Rattenscheiße?«

»Na, von meiner Ratte eben. Hab' ich dir nich' erzählt, daß ich eine besitze?«

»Was?! Wir haben 'ne Ratte in der Wohnung?!«

»Ja, klar.«

»Und wo *is'* die ...?«

»Keine Ahnung.«

Diese Aussage entsprach der Wahrheit. Das Tier, dessen Verdauungsprodukt ich mit soviel Freude inhaliert hatte, war laut Auskunft seines Besitzers gleich, nachdem es sein neues Heim in Augenschein genommen hatte, hinter die Spüle geflüchtet. Aber dort war es nicht mehr. Zumindest war es nicht zu sehen. Und trotz Knorpels gutgemeinter Überredungsversuche fühlte es sich nicht verpflichtet, wieder zum Vorschein zu kommen.

»Goebbels ... Goebbels, bei Fuß«, flötete mein zukünftiger Zellengenosse immer wieder. Aber Goebbels, der so getauft worden war, weil er angeblich einen verkrüppelten Hinterlauf besaß, hatte keine Lust, mich seine Behinderung in Augenschein nehmen zu lassen. Er blieb auch die nächsten Tage und Wochen verschwunden, machte sich allein durch die Schäden bemerkbar, die er den Kabeln meiner Anlage zufügte – und durch seine zäpfchenförmigen Hinterlassenschaften natürlich. Hin und wieder boten wir sie Besuchern zum Rauchen an. Und ob man es glauben will oder nicht: Es waren nicht wenige, die den Stoff einer umfassenden Lobpreisung unterzogen.

Gäste hatten wir alsbald mehr, als meine Herberge verkraften konnte, denn Knorpel erwies sich als überaus kontaktfreudig. Egal, ob es sich um entlaufende Heiminsassen, ehemalige Strafgefangene oder minderjährige Gymnasiastinnen handelte, die er im Park mit seinen Bongokünsten beeindruckt hatte, ohne Unterlaß schleppte er Menschenmaterial an, das nicht selten über Nacht blieb. Dazu kamen noch *meine* Freunde und ein größerer Kreis von Mitbürgern, mit denen Knorpel Geschäftsbeziehungen pflegte.

Allabendlich saßen bis zu fünfzehn Gestrandete in unserer Küche, labten sich an alkoholhaltigen Getränken und Hasch und den wenigen Lebensmitteln, die ihren Weg in unseren Kühlschrank gefunden hatten. Die sanitäre Einrichtung wurde zur Spielwiese aller nur erdenklichen Streptokokkenarten, das Altglas stapelte sich in Fensterhöhe, meine Platten hatten Narbe um Narbe wegzustecken, kurzum: Es ging zu wie in den Dienstbotenkammern Caligulas.

Wie sollte ich da für die Reifeprüfung trainieren? Gar nicht natürlich. Einmal probierte ich es, zog mich tapfer ins Schlafzimmer zurück. Aber das muntere Johlen aus der Küche, in der an diesem Abend einem Fäßchen *Partypils* der Garaus gemacht wurde, ließ mich keine zehn Minuten durchhalten; zu groß war meine Sorge, etwas Entscheidendes zu verpassen.

Wollte ich das Abitur bestehen, und das mußte ich, wenn ich weiterhin die elterlichen Fördermittel genießen wollte, kam ich an einer Veränderung meiner Lebenssituation nicht vorbei. Ich mußte meinen Untermieter schnellstmöglich loswerden. Das würde neben einem Mehr an Ruhe auch den Vorteil mit sich bringen, daß ich mir seine Phantastereien nicht länger würde anhören müssen. Knorpel besaß nämlich die leidige Angewohnheit, seinen Status als Klein - dealer durch allerlei abstruse Zukunftspläne aufwerten zu wollen.

Mal wollte er in Thailand eine Tauchschule aufmachen, mal eine Band gründen (soweit ich das beurteilen konnte, besaß er weder einen Tauchschein, noch konnte er, seine Bongos ausgenommen, ein Instrument spielen), mal wollte er in Holland Trips besorgen und nach Fuerteventura schaffen, um dort ein kleines Vermögen zu scheffeln, das er umgehend gegen grüne Platte einzutauschen gedachte. Die wiederum sollte dann, zurück in Deutschland, ebenfalls gewinnbringend verhökert werden, so daß sich das ursprüngliche Kapital am Ende vervierfacht hätte.

Tatsächlich konsumierte er tagtäglich, gleich nach dem Aufwachen, einen sogenannten »Eimer«, ein mörderisches, selbstgebasteltes Rauchgerät, das seinen Namen einem mit Wasser gefüllten Bottich verdankte, der die Aufgabe besaß, einer zum Bong umfunktionierten Colaflasche die Luft aus dem Leib zu pressen. Danach zog er sich für gewöhnlich noch einmal ins Bett zurück, um über seine glorreiche Vergangenheit zu sinnieren: »Ich hatte mal ein Segelboot. Das ist dann aber von der dänischen Wasserschutzpolizei konfisziert worden, als sie mich vor Helsingör mit zweihundert Kilo Rohopium erwischt haben.« – »Als ich auf Jamaika war, hab ich 'nen Typen getroffen, der hätte sofort 'ne Platte mit mir aufgenommen. Leider ist der am nächsten Tag mit *Peter Tosh* auf Welttournee gegangen.« – »Diese Exfreundin von mir, die, von der ich dir gestern erzählt habe, die war vor mir mit diesem Fotografen zusammen, der das Foto für dieses geile *Nina Hagen*-Cover geschossen hat.«

So oder ähnlich begannen die Schilderungen dahingegangener Pracht, die sich, nur unterbrochen von weiteren »Eimern«, gut und gerne über Stunden hinziehen konnten. Es wurde wahrhaft Zeit, dem Produzenten dieses Seemannsgarns, der zu allem Überfluß zwar ständig über Dope, aber so gut wie nie über Geld verfügte, die Tür zu weisen.

Um bei der Umsetzung dieses Vorhabens nicht mein Image als Freund des Volkes aufs Spiel zu setzen, bediente ich mich einer List. Knorpel hatte im Verlauf unserer zahllosen Festivitäten von allerlei bösen Buben berichtet, mit denen er in seiner alten Heimat noch eine Reihe von Rechnungen offen hatte. Besonders einer aus dieser »Bande von Abziehern und Schnorrern« brachte ihn, sobald das Thema zur Sprache kam, dermaßen in Rage, daß er sich mehrmals bemüßigt fühlte, zu nächtlicher Stunde zum Telefon zu greifen, um seinem Intimfeind mit mäßig verstellter Stimme jugendgefährdende Verwünschungen zukommen zu lassen.

Durch geschicktes Nachfragen hatte ich in Erfahrung gebracht, daß der Adressat dieser Drohanrufe mit einem gewaltigen Kropf geschlagen war. Nun war es ein leichtes, diesen körperlichen Makel in eine kleine Lügengeschichte einzubauen.

»Vorhin hat hier 'n Typ nach dir gefragt«, sagte ich leichthin, als Knorpel vom monatlichen Besuch beim Sozialamt in unser Missionshospiz zurückkehrte.

»Wassen für 'n Typ?«

»Keine Ahnung. Aber der hatte 'nen echt fiesen Kropf. Will nachher noch mal wiederkommen ...«

Keine dreißig Minuten später war Knorpel ausgezogen.

Daß er noch am selben Tag eine neue Bleibe fand, überraschte mich nur wenig. Er war, was das Finden und Aussaugen von Wirtstieren betraf, ein echter Topathlet. Daß es aber ausgerechnet Unruh war, der ihm Unterschlupf gewährte, erstaunte mich dann doch. War da nicht mal was mit einem Polizeiknüppel gewesen ...?!

»Kannst ja mal vorbeikommen«, sagte Knorpel, als er am nächsten Morgen den zweiten Teil seiner Habe abholte. Und ich sagte »Klar«, obwohl ich genau das am allerwenigsten im Sinn hatte. Vielmehr wollte ich nach der dreimonatigen, ebenso unfreiwilligen wie passiven Teilnahme an der knorpelschen Gesprächstherapie nichts weiter als die innere Einkehr genießen, die mich für gewöhnlich überkam, wenn ich mir Songs wie »Borstal Breakout« oder »Broken Bones« in trauter *Einsamkeit* zu Gemüt führte.

Warum ich mich zwei Tage später dann doch auf den Weg machte, ist mir entfallen. Wahrscheinlich wollte ich herausfinden, wie es Knorpel gelungen war, eine Betonseele wie Unruh weichzukochen.

Weit zu gehen hatte ich nicht. Unruhs Parterrewohnung, die dem Besitzer eines darüber gelegenen Fitneßstudios gehörte, lag nur vier Straßen entfernt. Bei meinen Streifzügen durch unser Viertel war mir die heruntergewirtschaftete Klitsche schon aufgefallen, kamen doch immer mal wieder beeindruckend kastenförmige Aushilfsluden aus ihr herausgewankt.

Eine Klingel konnte ich nicht entdecken. Also schlug ich mit der Faust gegen den hölzernen Eingang, der unübersehbare Spuren eines Brandanschlags aufwies.

Nachdem ich das Manöver mehrmals wiederholt hatte, öffnete mir ein Mädchen, das ich aus dem Schloßpark kannte. Sie hieß Krake und bestach durch eine skelettierte Erscheinung, die sie in eine von mehreren Lederriemen zusammengehaltene Soutane gehüllt hatte. Um ihren Hals hing eine Knoblauchpresse. Ihr Blick, der bereits bei Tageslicht einigermaßen weltfremd daherkam, wirkte heute so abwesend wie die Miene eines religiösen Fanatikers, der sich nach mehrtägigem Schlafentzug zu Ehren Shivas eine Stricknadel in die Harnröhre geschoben hat.

»Ah«, sagte sie nur, nachdem sie ausgiebig an meiner linken Schulter vorbeigestarrt hatte. Dann wandte sie sich um und schlurfte zurück ins Innere.

Ich war mir sicher, daß sie, so sie mich überhaupt zur Kenntnis genommen hatte, nicht wußte, wer ich war. Dennoch folgte ich ihr, und zwar in einen riesigen, halbdunklen Raum, in dem sich unzählige Haushalts- und Elektrogeräte befanden, viele davon noch originalverpackt. An dieses Warenlager schloß sich ein Zimmer an, aus dem ein wüstes Soundgemisch drang.

Nachdem ich eingetreten war, fiel es nicht schwer, den Lärm in seine Bestandteile zu zerlegen. Aus den Boxen quoll ein Song der Berliner Band *Mekanik Destrüktiw Komandöh*. Asynchron dazu, aber mit einem Ausdruck selbstversunkender Leidenschaft im Gesicht, zupfte Knorpel auf einer Baßgitarre herum, die an einen kleinen Verstärker angeschlossen war. Das begleitende nervtötende Heulen wurde von einem Bunken namens Fimose verursacht, der alle paar Sekunden eine Schlagbohrmaschine anwarf. Unruh, den dieses

Treiben scheinbar kalt ließ, saß in der Pose eines äthiopischen Stammesfürsten reglos in einem Ledersessel unter dem einzigen, mit Brettern vernagelten Fenster. Krake nahm zu seinen Füßen Platz und übte sich weiterhin im debilen Mienenspiel. In der Mitte des Raums stand ein aufgerissener Karton, der ausnahmslos mit *Aachener Printen* gefüllt war.

»'n Abend zusammen«, sagte ich.

Niemand antwortete. Offenbar war ich in eine ganz besondere Séance geraten. Ich ließ mich auf dem versifften Teppich nieder und griff mir eine Printe.

Plötzlich schnellte Unruhs Saurierschädel in meine Richtung. Riesige, geteerte Pupillen gemahnten an die Mündungen zweier Panzerfäuste.

»Hey, Sportsfreund, auch 'n Erfrischungsstäbchen?« Seine ausgestreckte Hand präsentierte eine winzige, noch nicht mal stecknadelkopfgroße Pille in der Farbe verwaschener Feinrippunterwäsche.

»Was issen das?« fragte ich, obwohl ich bereits ahnte, was da auf mich lauerte. Bei dieser Miniatur einer Tablette konnte es sich nur um einen Micro handeln – LSD also.

Unruhs Antwort irritierte mich daher nur bedingt.

»Gutes aus dem Hause *Bayer*.«

Was nun? LSD war nichts, was man beim Topfschlagen mal eben als Gewinn auslobte. Ich hatte von Leuten gehört, die auf einem Trip kurzerhand aus dem Fenster gesprungen waren, einfach weil sie gedacht hatten, daß die Schwerkraft für sie keine Gültigkeit mehr besitzen würde. Fühlte ich mich auf derart einschneidende Erfahrungen auch nur hinreichend vorbereitet? Nein, natürlich nicht. Noch weniger fühlte ich mich allerdings dem gewachsen, was sie uns im Gemeinschaftskundeunterricht unter dem Namen »Gruppenzwang« erläutert hatten. Also griff ich zu und warf mir die Pille in den Hals. Wenigstens befanden wir uns im Erdgeschoß.

Dann wartete ich voller Unrast darauf, was nun mit mir passieren würde.

Zu meiner großen Erleichterung passierte erst mal gar nichts. Weder veränderte sich der ohrenbetäubende Krach, noch veränderten sich die Gesichter der Umsitzenden. Scheinbar wirkte Acid bei mir nicht. Diese Erkenntnis kam mir ungeheuer witzig vor, so witzig, daß ich es mir nicht versagen konnte, loszukichern. Ich versuchte, diesen unschicklichen Gefühlsausbruch unter Kontrolle zu bekommen. Aber dann sagte Unruh, daß die Printen trockener wären als der Kitzler einer mumifizierten Nonne, was in meinen Ohren so bescheuert klang, daß ich einen regelrechten Lachkrampf bekam. In einem Winkel meines Gehirns meldete sich eine Stimme, die mir mitteilte, daß diese Reaktion absolut nicht dem Gehörten entsprach. Und damit wurde mir schlagartig klar, daß die Droge *durchaus* von mir Besitz ergriffen hatte. Das löste einen kurzen Angstschub aus, der aber sogleich von einer weiteren Zwerchfellattacke verdrängt wurde.

Irgendwann erreichte meine Heiterkeit einen Punkt, an dem mich ernsthaft die Sorge befiel, ich könnte gleich ersticken. Ich versuchte, gegen den drohenden Atemstillstand anzugehen. Aber immer, wenn ich kurz davor stand, mich wieder in den Griff zu bekommen, erhielt der Lachflash neue Nahrung.

Die Situation war einfach zu unwirklich. Knorpel beispielsweise besaß plötzlich das Gesicht eines Klabautermanns, während Krakes bleichgeschminkter Totenschädel aus einem unerfindlichen Grund zu pulsieren begann. Dazu dieses seltsam zwingende Hauskonzert.

Hatte mich der Soundbrei anfangs irritiert, verspürte ich mittlerweile das dringende Bedürfnis mitzumusizieren. Und so sah ich mich nach etwas um, auf dem ich meinerseits den Takt schlagen konnte. Gerade als ich ein herumliegendes Tablettenröhrchen auf seine Eigenschaften als Rassel testen wollte, setzten von irgendwoher die wuchtigen Schläge einer Baßtrommel ein. Ich unternahm einen Rundblick, entdeckte aber niemanden, der für diese neue Tonspur verantwortlich zeichnete. Saß etwa, versteckt in einem Nebenraum, ein weiterer Musikant, so wie bei den Aufnahmen zu dieser *Can*-Scheibe, als die komplette Band ihrer Arbeit in verschiedenen Zimmern nachgegangen war? Oder hatte der Allmächtige höchstselbst beschlossen, unser Treiben zu unterstützen? Ja, das würde es wohl sein, dachte ich, bis sich wieder diese Stimme meldete, um mir zu versichern, daß ich schwer auf Droge wäre.

Daß sie recht hatte, daß das Geräusch also einen komplett irdischen Ursprung besaß, zeigte sich nur eine Sekunde später, als das Dröhnen die Gehörgänge unseres Gastgebers erreichte. Angestrengt lauschte er einen Moment lang ins Nirgendwo, dann sprang er auf und begann lauthals zu fluchen.

»Scheiße, das is' der Arsch von oben.« Und an Fimose gewandt: »Los, schnell, mach die Anlage aus! Mach die scheiß Anlage aus, du Penner!«

Es dauerte etwas, bis der Angesprochene diesem Befehl Folge geleistet und Knorpel unaufgefordert den Baß zum Verstummen gebracht hatte. Dann aber vernahmen wir in die plötzliche Stille des Zimmers hinein zwei aufgebrachte Stimmen: »Hey, aufmachen! Wir wissen, daß ihr da seid!« – »Wenn ihr nicht sofort öffnet, treten wir die Tür ein!«

Meine gute Laune war schlagartig dahin. Vor meinem inneren Auge sah ich ein Duo schwerbewaffneter Nachwuchsmafiosi vor der Tür stehen, das nichts weniger im Sinn hatte, als uns mit einem Eimer Beton an den Füßen in der Oker zu versenken. Meinen Gefährten schien es nicht anders zu gehen, das signalisierten zumindest ihre angsterfüllten Blicke. Einzig Unruh behielt das Heft des Handelns in der Hand.

»Los, abhau'n!« wies er uns an und startete, nachdem er sich von irgendwoher einen Hockeyschläger gegriffen hatte, auch schon durch.

Wir anderen folgten ihm, wobei mir die undankbare Aufgabe zufiel, die Nachhut zu bilden. Während wir an den gestapelten Konsumgütern vorbeistürmten, meinte ich aus Richtung des Eingangs ein Splittern zu vernehmen. Ich wäre gern schneller gelaufen, konnte aber nicht, da sich unsere Kolonne plötzlich zu stauen begann. Es galt, ein geöffnetes Fenster zu überwinden, das in den Hinterhof führte.

Als ich endlich an die Reihe kam, hatte die mir innewohnende Panik horrorfilmartige Ausmaße erreicht. In Erwartung der über -

fälligen Kugel drehte ich mich ein letztes Mal um, konnte aber keine Verfolger ausmachen. Dann sprang ich und landete auf einer ausrangierten Matratze, die irgendwer in weiser Voraussicht auf dem Boden plaziert hatte.

Vor mir sah ich Knorpel durch ein Loch im Maschendrahtzaun auf den Nachbarhof kriechen. Ich wollte ihm nach, hatte auch schon den Kopf auf der anderen Seite, als mit einem Mal hastige Schritte an meine übersensibilisierten Ohren drangen. Ich rammte meine Finger ins Erdreich, versuchte mich mit aller Macht aufs rettende Ufer zu ziehen, aber bevor ich das vollbracht hatte, erhielt ich einen barbarischen Hieb auf die untere Rückenpartie. Während ich schmerzverzerrt nach Luft rang, packten mich zwei kräftige Hände an den Unterschenkeln und zogen mich zurück in die Richtung, aus der ich gekommen war. Dort wurde ich um hundertachtzig Grad gewendet, was zur Folge hatte, daß ich meine Peiniger in Augenschein nehmen konnte. Sie sahen genauso furchterregend aus, wie ich sie mir vorgestellt hatte. Der, der mich unter dem Draht hervorgezogen hatte, war um die Fünfzig, steckte in einem Jogginganzug und bestach durch einen Dschingis-Khan-artigen Schnurrbart, der aufs vorzüglichste mit einer Frisur harmonierte, die der Volksmund »Vokuhila« nennt. Obwohl sein Brustkorb ungefähr das Format eines Bierkastens besaß, wirkte er im Vergleich zu seinem Begleiter wie ein Schmalhans. Der war wenigstens zwanzig Jahre jünger, mindestens einen Meter fünfundneunzig groß und ließ Muskelstränge erkennen, die jeden Anabolikahersteller zum Schwärmen gebracht hätten. In seinen überdimensionierten Pranken hielt er eine Holzplanke, die er dem Rumpf eines Schiffes entnommen haben mußte. Zu allem Überfluß wiesen die Fratzen der beiden Bösewichter unverkennbar satanische Züge auf, und als der ältere, der ja nur der Vermieter, also der Besitzer der Muckibude sein konnte, zu sprechen begann, meinte ich, eine schleimige Substanz aus seiner Freßluke quellen zu sehen. Dafür war das, was er sagte, durchaus geeignet, meinen Pulsschlag um ein Minimum zu reduzieren.

»Verdammt, den hier kenn' ich gar nich. Da haben wir wohl den Falschen erwischt.«

»Ja, ja«, beeilte ich mich zu stammeln. »Ich war nur zu Besuch bei denen ...«

»Hm. Und was machen wir jetzt?« überlegte der Nachfahre des Mongolenführers in sträflicher Mißachtung meines Einwurfs.

»Na, ich könnte ihm 'ne schöne Jachtreise verpassen«, schlug sein Scherge vor.

Der Schnurrbärtige musterte mich eindringlich.

»Unnötig. Der hat auch so die Hosen voll.« Er brachte sein schleimproduzierendes Maul ganz nah an mein Gesicht heran. »Hör mal, Pißnelke. Sag deinen Freunden, daß sie schleunigst mit der Miete rüberzukommen haben. Und wenn ihr *noch* mal Strom bei uns abzapft, gibt's Gehacktes ... Und jetzt schieb ab! Aber flott!« Er zog mich mit einer Hand in die Senkrechte und verpaßte mir mit der anderen einen Stoß, der mich Richtung Hofausgang taumeln ließ.

Ich hatte gerade noch Zeit, ein knappes »Danke« zu murmeln.

Vom grellen Schein der Straßenbeleuchtung und dem Schmerz in der Lendengegend kurzzeitig mit Blindheit geschlagen, wählte ich die falsche Richtung und irrte – immer begleitet von dem schaurigen Gefühl, hinter jeder Ecke könnten weitere Angreifer auf mich lauern – eine dreiviertel Stunde umher, bevor ich endlich die Tür meiner Hütte vor Augen hatte.

Aber auch zu Hause ließ der Horror nicht von mir ab. Vielmehr quälte ich mich bis in den nächsten Vormittag hinein mit wüsten Wahnvorstellungen, in denen unter anderem Goebbels, Knorpels Ratte, die er – wen wundert's – bei mir zurückgelassen hatte, eine tragende Rolle spielte. Hatte mir nicht mal irgendjemand erzählt, daß diese Allesfresser im Bedarfsfall auch Schlafende annagten?!

Noch bevor ich endlich weggedämmert war, hatte ich bereits beschlossen, daß es lange, daß es sehr, sehr lange dauern würde, bis ich mich mit der Wirkung von Lysergsäuredietylamid erneut auseinandersetzen würde. Statt dessen stand eine amtliche Rattenfalle auf meiner kopfeigenen Einkaufsliste.

Es gibt kein ruhiges Hinterland

»Krack!« machte es, dann hielt Melzer den Mercedesstern triumphierend in die Höhe. Circa vierzig weitere der begehrten Jagdtrophäen schmückten, bereits entkernt, das blasse Fleisch seiner Unterarme. Eine modische Verirrung, die, leicht abgeändert, in den neunziger Jahren von *Wolfgang Petry* übernommen werden sollte. Vornefett und ich fanden diese Marotte guffenmäßig. Aber auch wir sammelten die Kühlerfiguren aus dem Hause *Daimler* mit Eifer, wenn auch für die heimische Schatztruhe.

Ich weiß nicht, wieso es in einem bestimmten Lebensabschnitt für Träger des Y-Chromosoms unabdingbar scheint, sich in ihrer Freizeit dem zu widmen, was dann später in der Anklageschrift schnöde als »Sachbeschädigung« abgehandelt wird. Alkohol spielt mit Sicherheit eine Rolle. Auch mögen nichtausgelebte sexuelle Phantasien ihren Anteil haben; Langeweile sowieso. Aber wer jemals das Splittern einer Schaufensterscheibe vernommen hat, die nach einem Steinwurf wie in Zeitlupe in sich zusammenfällt, wird mir recht geben, wenn ich behaupte, daß das Zerstören der meist klinischen Alltagskulisse immer auch eine Komponente besitzt, die nicht anders als *sinnlich* genannt werden kann.

Daß es meist Autos waren, die unserer Zerstörungslust zum Opfer fielen, wird wohl daran gelegen haben, daß wir selber kein Auto besaßen. Außerdem ließ sich das Abknicken einer Antenne oder das Abtreten eines Außenspiegels quasi im Vorbeigehen bewerkstelligen. Fahrzeuge der Marke *Mercedes Benz* erfreuten sich dabei besonderer Beliebtheit, galten sie doch gemeinhin als Sinnbild »schlimmsten Ausbeutertums«. Zur Not taten es aber auch Telefonhäuschen, Müllkörbe oder Baustellenabsperrungen.

Eine kreative Aufwertung erfuhr unser Vandalismus erst, als Vornefett eines Nachmittags mit zwei Dosen Autolack anrückte.

»Nachher geh'n wir sprühen«, verkündete er verheißungsvoll.

Nun war die dem HipHop geschuldete Kunstform *Graffiti* noch nicht bis nach Deutschland gelangt. Dennoch wurde von der

Sprühdose bereits rege Gebrauch gemacht. Insbesondere sich als regimekritisch begreifende Kreise nutzten die wetterfeste Farbe, um ihren Unmut weithin lesbar auf den Mauern »Babylons« zu hinterlassen. »Schade, daß Beton nicht brennt« oder »Feuer und Flamme für diesen Staat« lauteten zwei der gängigen Formulierungen. Daneben existierte eine Unzahl von Demo-Aufrufen, Forderungen nach der Freilassung von Günther Sonnenberg und anderen politischen Gefangenen oder ganz konkrete Lebenshilfe, etwa der Ratschlag, Vergewaltiger ins offene Messer rammeln zu lassen.

Melzer, Vornefett und ich hatten weniger Gehaltvolles im Gepäck. Nachdem wir die Schule zu unserem Einsatzort erkoren hatten, genügten uns Bandnamen und Schmähungen, die in Richtung unseres Rektors zielten.

Und so strahlten dem eintreffenden Lehrkörper und seinen Zöglingen am nächsten Morgen nicht nur die Schriftzüge *Kanalratten* und *Saurons Erben* entgegen» sondern auch der, zugegebenermaßen etwas abgeschmackte, Satz »Mehlhorn, geh Kacken!«.

Wir, die Verursacher dieser Pracht, hatten Mühe, uns von den in sattem Schwarzmetallic gehaltenen Lettern loszureißen, so erhebend war das Gefühl, der Lehranstalt von heute auf morgen ein neues Gesicht gegeben zu haben.

Als dann zur zweiten Stunde auch noch die Bullen auftauchten, wollte die Erregung gar nicht mehr von uns weichen, zumal ja klar war, daß man uns unmöglich auf die Schliche kommen konnte.

Es wird niemanden verwundern, daß wir unser Heil von da an regelmäßig in der Sprühdose suchten. Ein Freizeitvergnügen, das durch die Maßnahme der Schulleitung, die Ergebnisse unserer nächtlichen Bemühungen immer mal wieder übertünchen zu lassen, eher noch gefördert wurde.

Aber auch die Umgebung des ehrbaren Michail-Bakunin-Gymnasiums sollte uns bald locken. Beispielsweise gab es da, direkt neben dem Heizkraftwerk, dieses riesige ballonartige Behältnis, das, so vermuteten wir zumindest, der Aufbewahrung von Gas diente.

»Das Ding is' heute fällig«, tönte Melzer.

Und tatsächlich schlich er sich noch am selben Abend aufs Werksgelände, erklomm die Leiter, die an der Außenhaut der Kugel montiert war, und beeindruckte Vornefett und mich, die wir auf der anderen Seite des Zauns Schmiere standen, mit einem blutroten, der Größe des Objekts angemessenen »Scheiß was auf Reagan!«.

Als er danach mit dem satten Grinsen des erfolgreichen Assassinen auf uns zumarschierte, näherte sich von rechts ein weißer Kleinwagen, der verdächtig nach Werksschutz aussah. Vornefett und ich begannen aufgeregt zu winken und herumzubrüllen. Aber Melzer hatte die Gefahrenquelle bereits bemerkt und sprintete, da er noch zu weit von der Stelle entfernt war, an der wir unseren Veitstanz aufführten, nach links, in Richtung einer angrenzenden Kleingartenkolonie. Gerade als der PKW vor der Gaskugel zum Stehen kam, wuchtete sich unser Gefährte über den Maschendrahtzaun. Zwei verdutzte Wachmänner sahen ihm nach, dann entdeckten sie die Schmiererei, woraufhin der eine sein Funkgerät anschmiß, während der andere doch tatsächlich - ganz so, als gelte es einen Jedi-Ritter zu imitieren - eine von diesen überlangen Taschenlampen in die Schwerthand nahm.

Vornefett und ich hielten es für geboten, unseren Posten zu räumen und bewegten uns ein Stück die Straße hinauf. Jeden Moment mußte Melzer aus einem der Schrebergärten auftauchen.

Tatsächlich vernahmen wir auch gleich darauf Geräusche. Allerdings klang das bedrohliche Knurren, das da an unsere Ohren drang, eher nach Tier denn nach Mensch - zumindest klang es nicht nach Melzer. Dessen Stimme vernahmen wir ein paar Sekunden später.

»Hau ab! Du sollst abhau'n, hab' ich gesagt!« schrie er in einem erstaunlichen Falsett, während sich das Knurren in ein hysterisches Kläffen verwandelte.

Als er dann schließlich, keine dreißig Meter voraus, in unser Sichtfeld geriet, waren weder Vornefett noch ich verwundert, in seinem Gefolge einen Schäferhund zu entdecken.

»Gib Gummi!« brüllte Vornefett.

Und das tat Melzer. Im Stil einer menschlichen Kanonenkugel überwand er das letzte Hindernis. Dann stand er schwer atmend vor uns, während sein Verfolger wie entfesselt gegen die Zaunlatten sprang.

»Verdammt, das Vieh hat mich erwischt. Keine Ahnung, wo das so plötzlich herkam«, stöhnte der Gehetzte und präsentierte uns eine am Unterschenkel zerfetzte Jeans samt dazugehöriger Fleischwunde.

»Hey, sieht verdammt punkig aus«, lautete Vornefetts Kommentar.

Aber ob punkig oder nicht, ein Besuch in der Notaufnahme blieb unvermeidlich.

Das hätte uns Mahnung genug sein müssen. Aber Schlendrian und Überheblichkeit reichen dem amateurhaften Mehrfachtäter nur allzu gern die Hand, und so konnte das Unheil auch in unserem Fall seinen Lauf nehmen.

Kurz vor dem Abitur stand die unvermeidliche Kursfahrt auf dem Programm. Und da Melzer und ich jeweils Biologie als Leistungskurs gewählt hatten, kamen wir in den Genuß, der selben Reisegruppe zugeteilt zu werden.

Nun vermochten uns die Fahrradausflüge rund um die Eutiner Seenplatte nur bedingt zu begeistern, und so beschlossen wir, den ersten der uns gewährten freien Nachmittage dadurch aufzuwerten, daß wir Eutins pittoresker Innenstadt eine moderne Nuance verliehen.

Wir verließen die Jugendherberge, besorgten uns an der ersten Tankstelle, die wir passierten, Bier und Sprühfarbe und begaben uns ins Zentrum, wo wir uns bei strahlendem Sonnenschein ans Werk machten. Als erstes kam ein hellgrüner *Benz* an die Reihe, der sich die unvermeidliche Aufschrift *Kanalratten* gefallen lassen mußte. Dann entdeckte Melzer eine frisch geweißte Wand.

»Hey, da rüber«, kommandierte er, und wie so oft unterwarf ich mich seiner naturgegebenen Autorität vollkommen kritiklos.

Nun begab es sich aber, daß sich in unserem Rücken eine Kneipe befand, und noch bevor der erste Kreis um die zahllosen »a«s in »Macht kaputt was euch kaputt macht!« gezogen war, stürmten drei der Dauerarbeitslosen, die hier täglich ihren trüben Gedanken nachhingen, aus der selbstgewählten Verwahranstalt, um uns das Handwerk zu legen. Zum Glück stießen sie dabei laute Verwünschungen aus, und so konnten wir uns rechtzeitig zur Flucht wenden.

Mit hoher Wahrscheinlichkeit wäre uns die auch gelungen, wenn mir beim Rennen nicht plötzlich der Ghettoblaster von der Schulter gefallen wäre, den wir mit uns führten, um uns bei der Arbeit von ausgesuchten Songperlen der Boybands *Razzia* und *Blut Und Eisen* inspirieren zu lassen. Da das kostbare Stück eigentlich Melzer gehörte, sah ich mich außerstande, es zu opfern.

»Lauf weiter!« rief ich, während ich mich anschickte, Batterien, Batterieklappe und andere Einzelteile zusammenzuklauben.

Melzer sprintete nach links in eine kopfsteingepflasterte Gasse. Ich entschied mich, nachdem ich die »Bückware« geborgen hatte, es geradeaus zu versuchen. Ein schneller Blick über die Schulter verriet mir, daß die selbsternannten Abschnittsbevollmächtigten, denen mein Stop natürlich Geländegewinn verschafft hatte, in ihrer Gesamtheit hinter *mir* herliefen. Aber immer noch lagen mehr als dreißig Meter zwischen uns. Und die sollten – da war ich mir sicher – genügen. So lange war es noch nicht her, daß ich die Leichtathletikabteilung der *SG Freie Turner* verlassen hatte.

Ich ließ den Nubier an der Trommel die Schlagzahl erhöhen, bis unsere Galeere Rammgeschwindigkeit erreicht hatte, und als ich mich das nächste Mal umsah, hatte sich mein Vorsprung bereits mehr als verdoppelt. Tja, daran hatten sicher auch die sechzig *Reval Ohne* ihren Anteil, die sich die »Wendeverlierer« in Ermangelung der ersehnten Lohnabhängigkeit tagtäglich verabreichten. Noch ein paar hundert Meter, dann war ich die Säcke los. Einer hatte ohnehin schon das Handtuch geworfen.

Auch ich verspürte bereits einen leichten Schmerz im Zwerchfell. Aber da! Der Park dort vor mir. Der würde mir eine Auszeit ermöglichen. Noch schnell über die Wiese, dann konnte ich mich in einem der zahllosen Gebüsche verstecken.

Bevor ich in das schützende Blattwerk eintauchte, sondierte ich ein letztes Mal den Rückraum. Ich war mir sicher, niemanden aus dem Verfolgerfeld zu entdecken. Zwischen meiner Position und dem Parkeingang lagen höchstens fünfzig Meter. Um so erschütternder, mitten auf der Wiese plötzlich denjenigen Teilnehmer des Rennens auszumachen, der vermeintlich schon aufgegeben hatte. Er kurvte auf einem altersschwachen Herrenrad auf mich zu, wobei er wie ein Irrwisch in die Pedale trat. Und nicht nur das: Er hatte auch noch einen Köter dabei, den er jetzt, da er sah, was ich vorhatte, noch im Fahren von der Leine ließ. Natürlich ein Schäferhund, was sonst?!

Ich dachte an das, was Melzer widerfahren war, und entschloß mich aufzugeben. Einem ausgehobenen Partisanen gleich, führte ich die Hände, soweit die klebrigen Stacheln, die meine Frisur ausmachten, das zuließen, über dem Kopf zusammen. Dann ging ich meinem Häscher entgegen.

Der Schäferhund kannte diese internationale Geste offenbar und begnügte sich damit, mich anzustarren. Sein Herrchen, das keuchend wie eine Kaffeemaschine vom Rad stieg, konnte das Heft des Handelns getrost in die Hand nehmen.

»So Freundchen, schön ruhig«, sagte der von der wilden Hatz Gezeichnete, wobei er sich mehr oder minder erfolgreich um ein Blockwartgesicht bemühte. »Du bewegst dich jetzt nicht von der Stelle, bis Klaus und Bernhard hier eingetroffen sind.«

Ich hatte nicht die Absicht, mich dieser Anweisung zu widersetzen, und so verharrten wir schweigend, in gegenseitiger Musterung, bis auch der Rest des leberkranken Trios mit lautem Halali um die Ecke bog.

»Hast du das Früchtchen doch noch erwischt!« brüllte der eine, während der andere mit dem Ausruf »Los. Gleich ab aufs Revier mit ihm!« die kommende Entwicklung vorgab.

Während sie mich zurück in die Innenstadt eskortierten, war den Gesprächen meiner Begleiter zu entnehmen, daß weder der

Hund, noch das Fahrrad zu ihrem Besitzstand gezählt werden konnten. Den Hund hatte sich Uwe, so hieß der Dritte im Kopfgeldjägerbunde, von einem Bekannten geborgt, der ihm zufällig über den Weg gelaufen war. Das Fahrrad hatte unangeschlossen an der Strecke gestanden. Später sollte sich herausstellen, daß es meinem Mitschüler Karl-Heinz Machalitza gehörte, der den freien Nachmittag seinerseits in der Stadt verbrachte, um für seine Mutter eins dieser mit Muscheln beklebten Bastdöschen zu erwerben. Der Allmächtige möge ihm eine Affäre mit der Verlobten eines tschetschenischen Stammesfürsten auf den Hals schicken.

Der Teil der Konversation, der sich direkt an mich richtete, bestand durchweg aus Vorwürfen.

»Die ganze Stadt habt ihr uns schon vollgeschmiert«, greinte Bernhard.

»Aber ich komm' gar nicht von hier«, versuchte ich mich zu verteidigen.

»Ja, das ham wir uns schon gedacht, daß das Auswärtige war'n.«

»Ins Arbeitslager müßte man euch stecken.«

»Oder am besten *gleich* vergasen.«

Das Übliche.

Am Ende mußte ich noch froh sein, daß sie mir keine Schläge anboten.

Auch bei den Bullen brachte man meinem Lausbubenstreich nicht viel Verständnis entgegen.

»Da werden wir gleich mal deinen Lehrer verständigen«, frohlockte der diensthabende Dorfschulze, dessen Dreifachkinn hervorragend mit dem Schweißfilm auf seinen Wangen korrespondierte.

Die lebensbedrohlichen Faulgase, die unablässig seiner Kehle entstiegen, hatten mir ein schnelles Geständnis abgepreßt.

Während er noch dabei war, der Herbergsmutter zu erläutern, daß sich unter ihren Gästen seit neustem ein Schwerstkrimineller befand, stolperte ein Mittfünfziger in die Wachstube, der ziemlich aufgelöst wirkte. Grußlos und ungefragt begann er eine panische Tirade: »Da haben mir welche meinen Mercedes ruiniert, haben da irgendeine satanische Botschaft draufgekritzelt. Das müssen Wahnsinnige gewesen sein. Rauschgiftsüchtige Sodomiten. Tiere wie dieser bärtige Bolschewik aus Amerika, der die ..., na, diese Schauspielerin auf dem Gewissen hat.«

Der Dorfschulze gebot dem närrischen Geschwätz mit einer Handbewegung Einhalt, beendete sein Telefonat mit den Worten »Ja, wir schicken ihn dann gleich vorbei« und warf mir einen Blick zu, der ihm im Fernfahrerimbiß umgehend ein blaues Auge beschert hätte. Schließlich wandte er sich an den Neuankömmling.

»Wenn ich das richtig verstanden habe, ist ihr Fahrzeug beschmiert worden.«

»Jawohl, Herr Kommissar.«

»Mit schwarzer Farbe, richtig?«

»Ja, genau. Aber woher ...?«

»Weil wir den Verursacher der Straftat bereits gefaßt haben.«

»Hey, Moment mal«, beschwerte ich mich. »*Das* war ich nich'.«

Der Bulle grinste selbstgefällig. Er wußte, daß er einen dieser mißratenen Tunichtgute und Verweigerer vor sich hatte, einen dieser unsäglichen Rüpel, die ihm und seinesgleichen gern mit rotzfrechen Antworten kamen. Hier bestand endlich die Möglichkeit, einmal Revanche zu nehmen.

»Was genau steht denn auf Ihrem Wagen?« fragte er den Geschädigten.

»Ja, Herr Kommissar. Ich versteh es selber nicht. Aber es soll wohl *Kanalratten* heißen. Das Gekrakel zieht sich über die gesamte rechte Seitenfläche.«

»Na seh'n Sie«, mischte ich mich ein. »Das ist doch der Beweis. Die *Kanalratten* sind eine Skinband, und ich bin Punk, Punkrocker, verstehen Sie?! Niemals würde ich den Namen einer Skinband irgendwo hinschreiben.«

Ich hätte mir die Lüge sparen können. Der Bulle starrte mich an, als ob ich ihm die Unterschiede in den Beschneidungsritualen zweier afrikanischer Volksstämme erläutert hätte. Dann sagte er, an den Benzbesitzer gewandt: »Machen Sie sich keine Sorgen. Wir nehmen jetzt eine Anzeige auf. Um alles weitere kümmert sich die

Staatsanwaltschaft. Und glauben Sie mir, was wir hier haben, reicht allemal für eine Verurteilung.«

Nachdem der Mittfünfziger entlassen war, rieb sich der Protokollnehmer fröhlich die Hände: »Tja, Junge, eine Hauswand und eine Limousine. Das wird nicht billig. Da wirst du auf dein Hasch und deine Spritzen eine Zeitlang verzichten müssen.« Bei diesen Worten erhob er sich und klemmte sich die Mütze zwischen die Löffel. »Und jetzt bringen wir dich zu deinem Lehrer. Der freut sich sicher schon ...«

Ich kam nicht wirklich dazu, die Fahrt in der Bullenkutsche zu genießen, denn erst jetzt wurde mir die Tragweite meines Handelns *vollständig* bewußt. Wenn die Schulleitung von meiner Verfehlung erfahren würde, und das würde sie, denn so war es vorgeschrieben, mußte das unangenehme Fragen in bezug auf die Veränderungen an den Außenwänden des Lyzeums nach sich ziehen. Und wenn da was ans Tageslicht kam, konnte die Angelegenheit wirklich teuer werden. Alles hing von Dr. Klöden, meinem Biologielehrer, ab. Er ging stramm auf die Pensionierung zu und galt als streng, aber gerecht; ein Pädagoge alter Schule eben. Bei meiner Ankunft wartete er bereits vor den Türen unseres Quartiers.

Es gab ein kurzes Gespräch und einen Händedruck mit dem Büttel. Dann verabreichte mir der ausgewiesene Anhänger Konrad Lorenz' eine schallende Ohrfeige.

»Aber ...«, entfuhr es mir einigermaßen entgeistert, denn noch nie war ich während meiner schulischen Laufbahn körperlich gezüchtigt worden.

Doch Dr. Klöden war noch nicht fertig.

»Eigentlich müßte ich dich nach Hause schicken. Aber das würde auch für mich allerhand Scherereien bedeuten. Und dafür fehlt mir mittlerweile, weiß Gott, die Kraft. Du bleibst also hier, wirst dich aber bis zu unserer Abreise absolut vorbildlich verhalten.«

»Äh, danke ... sehr großzügig von Ihnen«, murmelte ich.

»Warte. Noch etwas. Demnächst sind Projektwochen. Ich hatte eigentlich vor, eine Exkursion in den Querumer Forst anzubieten, habe mich aber gerade entschlossen, statt dessen das Projekt »Schulsanierung« ins Leben zu rufen. Das alte Gemäuer könnte durchaus einen Neuanstrich vertragen. Ich zähle darauf, daß du dich an den anfallenden Arbeiten beteiligst. Außerdem gehe ich davon aus, daß du ein paar weitere Freiwillige beibringst.«

Was blieb mir anderes, als dieser perfiden Form altväterlicher Pädagogik meine Zustimmung zu erteilen?!

Nach einigen Diskussionen ließen sich schließlich auch Melzer und Vornefett von der Notwendigkeit des »Subbotnik« überzeugen.

Und während der Rest der Schule dann englischsprachige Videos verfolgte, Wasserskifahren ging oder im besten Fall gleich ganz zu Hause blieb, turnten wir drei, die wir, plus Properski (der sich freundlicherweise anerboten hatte, uns zu helfen) die *Gesamtheit* der Projektgruppe bildeten, mit Farbeimern und Pinseln bewaffnet übers Gelände.

Gerade als wir eine besonders großflächige Inschrift, zum dritten Mal zu überdecken versuchten (die schwarze Farbe besaß die lästige Angewohnheit, immer wieder durchzuscheinen), schlenderte unser Rektor vorbei.

»Sehr löblich, meine Herren, sehr löblich«, sagte er, während er kurz stehen blieb, um das Ergebnis unserer Bemühungen zu mustern. »Daß gerade Sie sich so für Sauberkeit und Ordnung einsetzen, hätte ich bis eben nicht für möglich gehalten.«

Als er weiterging, trug er ein überaus verschmitztes Lächeln im Gesicht.

Danach war unser schulischer Alltag nicht mehr derselbe. Natürlich tranken wir weiterhin Bier im Unterricht, natürlich ließen wir die neue Referendarin während ihrer Prüfung auflaufen, natürlich schoben wir beim Geräteturnen wachstumsbedingte Gebrechen vor. Aber so richtig wollte keine Freude mehr aufkommen. Schon beim Betreten des Gebäudes überkam uns täglich das Gefühl, eine *nachhaltige* Lektion erhalten zu haben.

Jede Ordnung trägt den Keim der Zerstörung in sich

Einer der üblichen Nachmittage im Schloßpark. Melzer und ich saßen auf der Umrandung des Springbrunnens und nuckelten an unseren Bierflaschen; Vornefett stand etwas abseits und spann Seemannsgarn, um eine Braut namens Dammschnitt für sich einzunehmen.

Wir hatten uns bereits auf ereignislose Stunden eingerichtet, als plötzlich ein Mädchen auf uns zukam, das zumindest ich noch nie gesehen hatte. Sie trug eine Lederjacke und zerrissene Jeans im Zebra-Muster, aber ihr langes, blondes Haar qualifizierte sie sogleich als Mitbürgerin, die den unbarmherzigen Maßstäben des Punkrock nur bedingt genügte.

Sie blieb vor uns stehen und strahlte uns an.

»Hey, habt ihr beiden Lust, zu meiner Party zu kommen? Ich werde achtzehn, und meine Eltern sind nicht da. Es wird auf jeden Fall tierisch viel zu saufen geben.«

Melzer und ich tauschten einen Blick.

»Ja, klar. Warum nicht?! Mein Stallbursche und ich stehen den Segnungen des Alkohols durchaus aufgeschlossen gegenüber«, sagte mein Banknachbar und hielt zur Unterstützung dieser These seine Flasche in die Luft. »Wann soll die Orgie denn stattfinden?«

»Morgen. Hier ist die Adresse.« Die Blonde drückte uns ein Stück Karton in die Hand, etwas, das man heute wohl Flyer nennen würde.

Unter der Überschrift »Annette darf endlich machen, was sie will« waren tatsächlich Straße und Hausnummer angegeben. Der Beginn der Festivität war für zwanzig Uhr angesetzt.

»Zuckerbergweg? Das is' doch 'ne Villengegend ...«, sinnierte Melzer, während er die Einladung studierte.

Die angehende Wahlberechtigte klapperte derweil den Rest der versammelten Tagediebe ab. Auch Vornefett erhielt ein Kärtchen. Kurz darauf kam er zu uns herüber.

»Mann!« Er wies mit dem Kopf auf Dammschnitt. »Die schafft mich! Ich hab' sie gefragt, ob sie sich nicht mal das Frettchen ansehen möchte, das ich mir letzte Woche zugelegt habe, und wißt ihr, was sie gesagt hat?! Sie würde ihr Herz ausschließlich an *tote* Tiere verschenken ... Ja, soll ich mir jetzt 'n Stück Aas besorgen, oder was?!«

»Du hast dir 'n Frettchen gekauft?« fragte ich erstaunt.

Vornefett verdrehte entnervt die Augen. Statt mir zu antworten, holte er die Einladung aus seiner Jacke.

»Was haltet ihr davon? Völlig bescheuert, die Alte, oder?!«

»Auf jeden Fall ist es nicht besonders clever, lauter Fremde einzuladen. Noch dazu, wenn es sich bei diesen Fremden um eine Horde undisziplinierter Alkoholiker handelt.«

»Wahrscheinlich wird für die Feier noch etwas exotisches Beiwerk benötigt«, erlaubte ich mir einzuwerfen.

»Ja, wahrscheinlich. Mann, das wird sicher wüst. Wir sollten zusehen, daß wir da *rechtzeitig* einlaufen. Die Biervorräte halten sich bestimmt nicht lange.«

»Treffen wir uns doch um fünf bei mir. Da können wir schon mal ein leichtes Stretching vornehmen. Und so gegen sieben machen wir uns dann auf den Weg«, schlug ich vor.

»Einwandfrei«, befand Vornefett. »Da kann ich vorher noch schnell bei Ergün vorbeischauen und 'n bißchen Munition besorgen.«

Ergün war Vornefetts Hausarzt und verschrieb von *Captagon* bis *Valium* alles, was das experimentierfreudige Herz begehrte. Nachdem mein Kontakt zu Inga und damit unsere *Valoron*-Connection dahingegangen war, hatten wir in dem freigiebigen Weißkittel echten Ersatz gefunden. Motiviert durch den Film »Quadrophenia«, den Vornefett auf Video hatte, mixten wir etwa einmal pro Woche alle möglichen Medikamente zu einem hübschen Cocktail, den wir in der guten alten Tradition der Maibowle mit Spirituosen anreicherten. Je nachdem, wie unsere zarten Leiber das Gebräu verarbeiteten, sprangen wir danach wie Berserker durch meine Räumlichkeiten oder hingen gemeinsam über der Kloschüssel.

Diesmal hatte Vornefett eine verschleppte Bronchitis simuliert und eine Flasche codeinhaltigen Hustensaft ergattert. Immerhin.

Melzer und ich, die wir sein Erscheinen bereits erwartet hatten, belohnten den erfolgreichen Jäger mit einer Flasche *Feldschlößchen* und einer wohlpräparierten Haschzigarette. Nach Knorpels Auszug hatte ich in einem Winkel des Küchenschranks einen Beutel gefunden, der annehmbar THC-haltiges Gras enthielt. Damals noch eine echte Seltenheit. Im Normalfall hattest du es mit »deutscher Hecke« zu tun, ein Kraut, das so wenig turnte wie Vatis alte Socken.

Knorpels Bewußtseinsreiniger dagegen, der wahrscheinlich direkt aus der jamaikanischen Börde importiert worden war, brachte die Synapsen alsbald zum Musizieren, und so verbreitete sich in Verbindung mit dem Codein genau die ausgelassene Stimmung, die es braucht, um Heranwachsende von einem »korrekten Abend« sprechen zu lassen.

Wer weiß, ob wir bei all dem Herumgrölen und Pläneschmieden überhaupt aus dem Haus gekommen wären, wenn Vornefett nicht angefangen hätte, mit seiner Gaspistole zu spielen.

»Müßt' ich bald mal wieder reinigen«, hörte ich ihn noch sagen, dann gab es einen satten Knall, der Raum wurde von beißendem Rauch geflutet, und wir fanden uns hustend und würgend im Treppenhaus wieder.

»Mann, gut, daß ich gestern noch die Leuchtspurmunition durch *normale* Patronen ersetzt habe«, ächzte der Waffenbesitzer, nachdem er wieder zu Atem gekommen war.

»Gut, daß du keine Panzerfaust mit dir herumschleppst«, entgegnete Melzer mit belegter Stimme.

»Nicht streiten, Schnupphasen. Wir müssen sowieso los, wenn wir noch ein paar Häppchen vom Buffet abhaben möchten.«

Disziplinierte kämpften wir uns in die Nebelbank zurück, bargen das Gras und den restlichen Hustensaft. Dann zogen wir unseren gesellschaftlichen Verpflichtungen entgegen.

Das Heim unserer Gastgeberin lag tatsächlich in einer Villengegend. Nach der Hausnummer brauchten wir nicht lange zu suchen. Die zugeparkte Einfahrt war Hinweis genug. Auch auf den Bürgersteigen tummelten sich zahllose Fahrzeuge; nicht wenige davon besaßen Kennzeichen der umliegenden Landkreise. Scheinbar hatte sich die Kunde von Annettes ausgebeulter Spendierhose weit über die Stadtgrenzen hinaus verbreitet. Wer da den langen Weg auf sich genommen hatte, um ihr angemessen zu gratulieren, war unschwer zu ermitteln. Die durchgerosteten *Ford Granada* und mattschwarzlackierten *Opel Kadett* wiesen samt und sonders darauf hin, daß hier keine Abordnung der Gifhorner Schützenjugend zusammengekommen war. Vielmehr waren es ausgewiesene Punkrocker, die da auf den Motorhauben saßen und sich an den der Party entwendeten Getränken labten. Auf einigen Rückbänken stapelte sich das Bier gleich kistenweise.

»Scheiße, sieht aus, als wär'n wir zu spät.« Resigniert zog Vornefett den Hustensaft aus seiner Jacke.

»Abwarten«, befand Melzer. »Vielleicht können wir irgendwo in den Büschen den Bunker von wem anders ausheben. Sind ja bestimmt nicht *alle* mit dem Auto gekommen.«

Derart angespornt liefen wir am Haus vorbei in den fußballplatzgroßen Garten des Anwesens. Hier fand die eigentliche Feier statt: Musik aus der Konserve (*Police*, wenn ich mich recht erinnere); ein halbes Dutzend mit weißem Stoff bedeckter Tische, auf denen sich Spezereien türmten; und Menschen, jede Menge Menschen, die mit eben diesen Spezereien Schindluder trieben.

Soweit ich das überblicken konnte, war der Schloßpark vollzählig versammelt. Das Pärchen zum Beispiel, das gerade einem jungen Stutzer im weißen Rüschenhemd eine Schüssel Mousse au chocolat über den Popperscheitel goß, ließ sich leicht als Otze und Omo identifizieren, auch wenn sich in der einsetzenden Dämmerung nicht mit Sicherheit sagen ließ, wer von den beiden bleichen, leicht aufgedunsenen Gestalten, die ihr amphetamingesättigtes Fleisch gleichermaßen in schwarzem Leder bargen, nun Otze und wer Omo war. Der schlaksige Bursche mit dem erschlafften Iro hingegen, der da mannaartig Hähnchenkeulen auf die Menge herabregnen ließ, konnte nur Birnbaum sein, der ungekrönte Hengst des Lesepavillons, dem es aufgrund feinmechanischer Kenntnisse vorbehalten war, weibliche Nachwuchskader auf eventuelle Defekte in ihrer Pneumatik zu testen.

Aber wer war das, der dort emsig wie ein kolumbianischer Minensklave Tomatensalat, Kuchen und Mettbällchen in den Goldfischteich schaufelte? Natürlich Milzbrand. Wer sonst besaß soviel Stilempfinden, den Sinnspruch »Scheißegal, ich bin besoffen« auf der Jacke zu tragen?!

Und da war ja auch Unruh, eine Flasche *Gordon's Dry Gin* in der Hand, den anderen Arm um den perlenbesetzten Hals einer adrett gekleideten Jungfer geschlungen, die sich mit angewidertem Gesichtsausdruck vergeblich aus der Liebkosung zu befreien suchte. Ohnehin schienen nicht alle Gäste uneingeschränktes Vergnügen zu empfinden, was wahrscheinlich mit dem Mischungsverhältnis zusammenhing. Auf einen von Annettes Mitschülern oder sonstigen Freunden kamen sechs bis sieben Krawalltouristen. Das erhöhte die Aussichten auf einen alkoholhaltigen Fund nicht gerade.

Um dennoch maximale Erfolgschancen zu erhalten, beschlossen wir uns aufzuteilen. Melzer und Vornefett wollten die Rabatten absuchen, während ich über die Terrasse ins Haus vordringen sollte, denn augenscheinlich wurde auch dort gefeiert. Bevor ich ging, warf ich einen letzten Blick aufs Buffet. Die mißhandelten Lebensmittel wirkten in dem sorgfältig zerschlagenen Porzellan wie die Installation eines jener Kunststudenten, die glauben, ihre bürgerliche Herkunft nur dadurch abschütteln zu können, daß sie sinnbildlich bis zu den Hüften in Exkrementen und Wundwasser waten.

Nachdem ich mich durch die geöffnete Glastür in eine Art Salon gezwängt hatte, empfing mich ein ähnliches Bild. Einzig der Maßstab hatte sich verändert, waren es doch hier im Inneren hauptsächlich Möbel, Kunstgegenstände und Bücher, die der Verwüstung anheimgefallen waren und – soviel verriet ein schneller Blick sofort – auch weiterhin anheimfallen würden. Denn zwischen all den zertrümmerten Rokokotischchen, den zerrissenen Folianten und den aufgeschlitzten Samtkissen arbeiteten circa zwanzig Rabauken mit der Energie schwer beschwipster Trümmerfrauen eifrig daran, weitere Tonnen Einrichtungskonfetti zu produzieren.

Angesichts des Treibens mußte ich an die *Hertha-Frösche* denken, einen Fußballfanclub aus der ehemaligen Reichshauptstadt, der dafür berüchtigt war, regelmäßig die ihm für Auswärtsfahrten zur Verfügung gestellten Sonderzüge zu zerlegen. Keine Frage, daß sich diese gehirnverkrebsten Ochsen hier nicht anders aufgeführt hätten. Gleichermaßen brachte ich dem Berserkergang aber auch Verständnis entgegen. Wann erhält der nachpubertierende Freizeitrevoluzzer schon mal die Gelegenheit, die alte Forderung »Krieg den Palästen« in die Tat umzusetzen?! Ob die an den Tag gelegte Zerstörungswut in diesem Moment allerdings vor den Hütten haltgemacht hätte, wage ich zu bezweifeln.

Gut möglich, daß die etwa sechzigjährige Dame im schlichten Kleid, bei der es sich nur um die Haushälterin handeln konnte, ähnlich geschichtsträchtiges Gedankengut umtrieb. Viel wahrscheinlicher allerdings, daß sie einfach um ihren Arbeitsplatz fürchtete.

»Aber meine Herrschaften, um Gottes Willen, dieser Bereich ist privat. Sie *dürfen* sich hier nicht aufhalten«, quoll es, durchaus anrührend, aus ihren mühsam von den letzten Resten preußischer Willenskraft im Zaum gehaltenen Mundwinkeln.

Allein, es wollte ihr niemand Gehör schenken. Also war es an mir, ihr zu zeigen, daß es auch in meiner Generation noch so etwas wie Anstand und Achtung vor dem Alter gab. Außerdem mußte ich pissen.

Ich schwenkte in einen ausnehmend langen Flur und fand tatsächlich ein Badezimmer. Die angelehnte Tür war eingetreten und klemmte ein wenig; auf dem Boden klebte ein zerfleddertes Sexmagazin; Deckel und Sitz des Aborts lagen herausgerissen in der Badewanne. Ich ließ mich davon nicht abhalten, zollte meinem Harndrang den geforderten Tribut und begab mich hernach ans Waschbecken, denn im Gegensatz zu den oben genannten Kulturschaffenden kann ich mit meiner bürgerlichen Herkunft halbwegs umgehen. Als ich allerdings den Knauf für die Wasserzufuhr betätigte, spritzte mir der ausgelöste Strahl, anstatt über meine Hände zu laufen, direkt ins Gesicht. Was war da los? Verwirrt blickte ich nach unten. Aha. Irgendein Scherzkeks hatte den Hahn abmontiert. Daß ich das nicht gleich bemerkt hatte, schob ich auf die beglükkenden Folgen des Codeinmißbrauchs.

Ich griff mir ein Handtuch, trocknete mir vorsichtig das Gesicht, konnte aber nicht verhindern, daß das Kajal, das ich mir seit kurzem unter die Augen schmierte, deutlich an Wirkung verlor. Egal. Ich hatte eine Mission zu erfüllen.

Zurück im Flur, begab ich mich zu dessen Ende und entdeckte eine Treppe, die nach unten führte. Na, in einem Gebäude wie diesem würde es doch sicher einen gutbestückten Weinkeller geben. Siegessicher stieg ich die Stufen hinab, aber dies hier war kein Keller im herkömmlichen Sinne. Vielmehr hatte ich es mit Räumlichkeiten zu tun, die heutzutage mindestens »Wellnessbereich« heißen würden. Neben einem kleinen Schwimmbecken waren zwei sogenannte Trimmräder aufgebaut. Direkt vor meiner Nase schmeichelte die hölzerne Hülle einer Sauna dem Auge. Neugierig warf ich einen Blick hinein, zog meinen Kopf aber sogleich wieder zurück. Irgendwer war vor mir hier gewesen und hatte seinen Mageninhalt großflächig über die Sitzbänke verteilt. Sah ganz nach Totalschaden aus. Auch der Pool wies diverse Spuren menschlicher Verunreinigung auf. Außer Allergien und Hautkrankheiten war hier nichts zu holen. Ich mußte woanders weitersuchen ...

Im Salon hatte sich die Szenerie kaum verändert. Zwar saß die Haushälterin mittlerweile zusammengesunken in einem der letzten unbeschädigten Sessel, während die Zahl der Abbruchspezialisten etwas abgenommen hatte, dennoch herrschte nach wie vor wildes Treiben. Eine Ische, die ich nicht kannte, die ihr Dasein also mit hoher Wahrscheinlichkeit in Peine oder Wolfsburg fristete, drosch mit einer Heckenschere, die sie wer weiß wo gefunden haben mochte, wie toll auf die Außenwand eines Aquariums ein, und es war sicher nur noch eine Frage von Minuten, bis sich dessen Inhalt auf den persischen Teppich ergießen würde, der bereits mit Feuerlöscherschaum ausreichend vorshampooniert worden war.

Ich mischte mich unter die Feiernden, zertrat halbherzig ein paar tönerne Schachfiguren, spähte währenddessen aber konzentriert nach Beute. Und siehe da: Das Schicksal hatte ein Einsehen mit mir. Hinter einem zu Fall gekommenen Teewagen zwinkerte mir eine unversehrte Flasche *Glennfiddich* zu. Da würden die Kameraden um ein paar Streicheleinheiten nicht herumkommen. Schnell barg ich den Fund unter meiner Jacke. Dann eilte ich nach draußen.

Der Deputiertenkongreß der Anwärter auf einen irreparablen Leberschaden hatte während meiner Abwesenheit noch einmal deutlich an Masse gewonnen. Dafür war keine Musik mehr zu hören. Scheinbar war die Anlage ausgefallen. Das tat dem Lärmpegel aber keinen Abbruch, im Gegenteil. Alles krakeelte wild durcheinander; nicht zuletzt weil irgendein volltrunkener Psychobilly einen fahrbaren Rasenmäher entdeckt hatte, mit dem er in wildem Slalom durch die Menge kurvte.

Ich betrat das einstmals gepflegte Grün, schob mich von Slalomstange zu Slalomstange, konnte aber weder Vornefetts Segelohren noch Melzers eiterpustelgespickte Stirn entdecken. Wer wollte es mir verübeln, daß ich den Malztrunk schon einmal auf Schadstoffe untersuchte?!

Beim Weiterschlendern traf ich Krake, die eine überaus ansehnliche Freundin dabeihatte und diesmal beinahe lebendig wirkte. Und so bot ich den Muntermacher feil, kam ins Reden und hätte mein Vorhaben sicher aus den Augen verloren, hätte sich nicht erneut meine Blase gemeldet.

Ich zog mich in den hinteren Teil des Anwesens zurück, um ein Rhabarberbeet zu wässern, als ich hinter einer vorbildlich gestutzten Hecke ein Kichern vernahm, das ich schon einmal gehört zu haben glaubte. Ich riskierte einen Blick, und tatsächlich: Da waren sie ja, meine kurzzeitig verschollenen Freunde. Sie hingen in trauter Eintracht in einer Hollywoodschaukel und teilten sich etwas, das mein Großvater einen »Goint« genannt hätte.

»Hey, Fleisch. Alles im Lack?« Melzer konnte sich vor Heiterkeit kaum auf den Polstern halten.

Vornefett wirkte nicht minder beseelt.

»Hier, probier mal«, sagte er, während er mir mit verschleiertem Blick das Staffelholz entgegenhielt. »Stechapfelsamen. Turnt wie mein Mann seiner.«

»Stechapfelsamen ... Wo habt ihr die denn her?«

Melzer wies mit einer Hand ins Dunkle. Vornefett nahm mir derweil den Whisky aus der Hand.

Zögernd sog ich den Rauch ein. Stechapfel – das klang irgendwie giftig. Und genauso schmeckte es auch. Nichtsdestotrotz befahl ich den ABM-Kräften am Tor zu meiner Lunge, den unbekannten Gast passieren zu lassen.

»Hey, woll'n wir dann gleich mal zurück ins Getümmel?« preßte ich zwischen zwei Zügen hervor. »Vor der Terrasse findet ein Rasenmäherrennen statt, und im Haus wird ebenfalls einiges geboten.«

»Ja, laß mich nur eben diesen verdammten Feuersalamander erledigen.« Vornefett sprang auf und begann erregt auf dem Boden herumzutrampeln.

Erstaunt verfolgte ich sein Tun, konnte aber keinen Salamander entdecken. Ob das etwas mit dem Stechapfel zu tun haben mochte? Ich wollte Melzer fragen. Aber der hatte sich ebenfalls erhoben und legte zwei Meter entfernt eine imaginäre Schallplatte auf einen imaginären Plattenspieler. Eine perfekte Performance, deshalb aber nicht weniger schaurig. Einigermaßen erschüttert ließ ich mich in die freigewordene Schaukel fallen. Falls mich gleich ähnlich überzeugende Halluzinationen heimsuchen sollten, hieß es den Sicherheitsgurt gut festzuzurren. Vielleicht konnte ein wenig THC helfen. Ich begann nach dem Jamaika-Gras zu kramen, wurde zu meinem größten Schrecken aber nicht fündig. Da half es auch nichts, daß ich jede Tasche dreimal absuchte. Der Stoff war verlorengegangen. Ob es der Schock dieser Erkenntnis war, der meinen Herzschlag plötzlich so unangenehm beschleunigte, konnte ich auf die Schnelle nicht ermitteln. Auf jeden Fall begann die Antriebsanlage meines Körpers mit einem Mal wie wild zu pumpen, während sämtliche Gliedmaßen von bösen Krämpfen erfaßt wurden. Ich wollte irgendwas gegen dieses Übel unternehmen, wollte aufspringen, etwas sagen, meine Freunde um Hilfe bitten. Aber nichts von all dem ließ sich in die Tat umsetzen. Abgesehen von diesem unsäglichen Zittern in meinen Muskeln, war ich vollständig gelähmt. Tja, sah ganz so aus, als würde ich sterben müssen. Warum dieser weihevolle Moment allerdings durch eine Kriechechse gestört wurde, wollte sich mir nicht erschließen. Das Vieh schob sich über die Polster auf mich zu, wobei es mir kecke Blicke zuwarf. In Ermangelung anderer Möglichkeiten versuchte ich, den ungebetenen Gast telepathisch in Schach zu halten, und hatte sogar Erfolg damit. Die Bestie blieb stehen, *zurückweichen* wollte sie aber nicht.

Ich weiß nicht, wie lange wir uns musterten. Mir kam es vor wie Stunden, bis endlich ein Fremder in Zoll-Uniform an mich herantrat und die Amphibie mit einem schnellen Griff in die Büsche schleuderte.

»Hey, Alter, komm zu dir. Das Vieh kann dir nichts mehr tun«, sagte der Uniformierte mit einer Stimme, die mir angenehm vertraut vorkam.

Mich überkam der Wunsch, meinem Retter die Hand zu schütteln, also hob ich den Arm, was mir die Erkenntnis einbrachte, daß ich mich wieder bewegen konnte. Statt mir nun aber seinerseits die Hand zu reichen, drückte mir der unbekannte Wohltäter eine Flasche in die zitternden Finger. Ich führte sie mühsam an die Lippen und schmeckte Whisky oder etwas ähnliches. Das half ein wenig gegen die Sehstörungen, die mir das geistige Ringen mit dem Salamander eingetragen hatte. Ich riskierte eine minimale Drehung des Kopfes und entdeckte Melzer, schwer atmend an einen Baum gelehnt.

»Alter, was für 'ne Abfahrt«, stöhnte er, als er meinen Blick bemerkte. Er sah erschöpft aus.

Und da war ja auch Vornefett. Er hatte den Platz des Uniformierten eingenommen, der seltsamerweise verschwunden war.

Ich dachte darüber nach, was Melzer mit dem Begriff »Abfahrt« gemeint haben könnte, und kam erst nach einigen Minuten auf die Lösung. Stechapfelsamen hieß der Grund für die seltsamen

Geschehnisse der jüngsten Vergangenheit. Gut, daß deren Wirkung nachgelassen hatte. Derart katatonische Zustände wären selbst für die fettleibige Arschkrampe, die mir in der Orientierungsstufe regelmäßig das Kakaogeld abgenommen hatte, eine zu harte Strafe gewesen. Diese Ansicht fand allerdings nur bei der Hälfte meiner anwesenden Freunde ungeteilte Zustimmung.

»Wie sieht's aus? Legen wir noch einen nach?« Vornefett, dem ich im selben Augenblick den letzten Rest Zurechnungsfähigkeit aberkannte, schien allen Ernstes eine zweite Runde in Erwägung zu ziehen.

Melzer nahm mir die Antwort aus dem Mund.

»Bloß nich'«, keuchte er.

»Laßt uns lieber noch 'n bißchen Gras wegmachen«, schlug ich vor. »Oder den Whisky ...«, schob ich hinterher, als mir einfiel, daß mir das Gras ja abhanden gekommen war.

»Schwächlinge!« spottete Vornefett, ließ sich aber dennoch dazu herab, das dargebotene Labsal entgegenzunehmen.

Lange brauchte es nicht, bis sich das Malzgetränk in das Flüssigkeitsgemisch unserer Körper eingefügt hatte. Die zwei Gramm Kraft, die es uns zurückgab, ließen uns den Entschluß fassen, noch einmal durchs Getümmel zu kraulen.

»Scheiße, mir tut alles weh«, lamentierte Melzer, als wir, wie in Ketten gelegt, Richtung Partylärm zurückschlichen.

Ich hätte es nicht besser ausdrücken können. Von mir aus mußten wir nicht mehr *allzu* lange bleiben.

Das sah scheinbar auch Annette so. Warum sonst hätte sie wohl die Bullen rufen sollen?! Doch sicher nicht, um die Reste des Buffets abzuräumen ...

Sie waren mit einer halben Hundertschaft aufgelaufen, wimmelten überall herum und trieben die Leute mit den bekannt rüden Methoden vom Gelände, ohne sich darum zu scheren, daß doch jeder Zweite mit Sicherheit über eine Einladung verfügte.

»Tja, dann sollten wir vielleicht auch ...«, befand Melzer, kaum daß wir des Treibens ansichtig geworden waren.

Wir pirschten am Zaun entlang, an den unschönen Szenen vorbei, und kamen unbehelligt zur Straße, auf der wild durcheinandergeparkte Einsatzfahrzeuge eine beeindruckende Lightshow inszenierten.

Insgeheim war ich froh, auf diese Weise schneller ins Bett zu kommen. Ich brauchte dringend Schonung. Schade nur, daß wir ohne das gute Gras abrücken mußten. Ich hätte zu Hause gern noch einen durchgezogen. Aber hey, da stand ja die Gastgeberin. Vielleicht konnte die mir weiterhelfen, vielleicht hatte sich der Beutel ja mittlerweile *angefunden*.

»Wartet mal«, beschied ich meine Begleiter. Dann trat ich an das Geburtstagskind heran, das seinen verständlichen Kummer in den Armen einer Freundin zu lindern versuchte.

»Der Schmuck ...«, schluchzte sie gerade. »Diese Arschlöcher haben die Schmuckkassette meiner Mutter mitgehen lassen.«

Aua! Das war bitter. Aber vielleicht konnte ich mit meinem Begehr ja für ein wenig Ablenkung sorgen. Ich tippte dem gebeutelten Mädchen vorsichtig auf die Schulter.

»Entschuldige, aber ich hab' vorhin 'nen Beutel Gras verlor'n. Da war'n mindestens noch zehn Gramm drin. Den hat nich' zufällig jemand gefunden und bei dir abgegeben?«

Annette wandte ganz langsam den Kopf, starrte mich aus tränenverschleierten Augen an, als ob wir auf zwei verschiedenen Planeten groß geworden wären. Dann begannen ihre Pupillen wirr zu flackern, während ihrem Mund ein Schrei entwich, der einer Giftmischerin, die ihre letzten Lebensstrahlen gerade auf dem Scheiterhaufen aushaucht, bestens zu Gesicht gestanden hätte.

»Laß mich in Ruhe!! Laßt mich doch *alle* in Ruhe!!!« brach es aus ihr heraus, bevor ihre Anklage in unverständliches Wimmern überging.

Für einen kurzen Moment meinte ich, auf ihrer linken Schulter den Kopf einer Echse wahrgenommen zu haben.

Signifer immodestiae

Ob es an den Ausschweifungen bei Annettes unvergeßlichem Umtrunk lag, daß die Sicherheitsorgane plötzlich auch im Schloßpark härter durchgriffen, darf guten Gewissens bezweifelt werden. Vielmehr folgte die Zunahme der bisher eher sporadischen Schikanen einem bundesweiten Trend. Täglich tauschten neue Kolonnen gelangweilter junger Mädchen und Buben ihr *Lacoste*-Shirt gegen bunte Haare, um sich anschließend in den Innenstädten zusammenzurotten, wo sie dem willfährigen Knecht der Konsumgesellschaft allein durch ihren Anblick die Freude an seiner, nach der Lohnarbeit, wichtigsten Aufgabe nahmen: dem Einkaufen.

Keine Frage, daß die Hüter der öffentlichen Ordnung auf diesen Frevel reagieren mußten. Und so wurden die ortsansässigen Bunken nun reihenweise unter den abstrusesten Vorwänden (beispielsweise wegen des Besitzes von Nietenarmbändern, die angeblich unter das Waffengesetz fielen) in die Polizeidirektion Münzstraße geladen, wo sie nicht selten die Treppe zum Keller hinunterfielen, bevor man ihnen die »notwendige« erkennungsdienstliche Behandlung angedeihen ließ.

In der niedersächsischen Landeshauptstadt, in der damals der Atomkraftbefürworter Ernst Albrecht residierte, war man bereits einen Schritt weiter. Dort wurden entsprechende Daten der besseren Verwertung zuliebe in einer eigenen Aufstellung, der sogenannten »Punkerkartei«, zusammengefasst. Ein Unternehmen, das sicherlich kein größeres Aufsehen erregt hätte, wäre nicht eine Handvoll hannöverscher Aktivisten auf die Idee verfallen, den staatlichen Überwachungswahn ad absurdum zu führen.

Der Plan war ebenso hochmütig wie simpel. Kraft bundesweit verbreiteter Einladungen sollte der umkämpfte öffentliche Raum wenigstens für eine kurze Dauer mit derart vielen Punkrockern geflutet werden, daß es den Kalkmützen unmöglich gelingen konnte, jeden einzelnen zu registrieren.

»Chaostage« war das Wochenende humorvoll übertitelt, an dem Hannovers Innenstadt, so verkündeten es zumindest die Flugblätter (die bald auch in unserer kleinen Gemeinde kursierten), bis auf die Grundmauern geschliffen werden sollte, bevor man dann am Sonntag in den Vierteln der Reichen ein letztes Frühstück einzunehmen gedachte.

»Heiland, Sack, da müssen wir dabei sein«, befand Vornefett.

Melzer zeigte sich ebenfalls beeindruckt.

»Könnte ein Ereignis von welthistorischer Bedeutung werden.«

Auch ich wollte mich der Forderung nach nationaler Solidarität nicht verschließen, kam aber nicht daran vorbei, eine naheliegende Frage in den Raum zu stellen.

»Gut. Aber wie kommen wir hin?«

»Na, wie schon?! Mit dem Zug natürlich.«

»Zug is' für 'n Arsch«, mischte sich Otze ein, der an der Seite seiner Freundin vor uns im Gras saß und eine Pizza *Quattro Stagione* mit zerstoßenem *Rohypnol* bestreute. »Da ziehen sie dich, wenn du Pech hast, schon am Bahnhof aus dem Verkehr.«

»Ja, aber was sonst? Trampen fällt ja wohl aus ...«

In die Stille, die dieser Bemerkung folgte, drang ein zartes Räuspern. Dann hub das Nesthäkchen unseres Kleeblatts zu sprechen an.

»Fahr'n wir halt mit dem Auto.«

Alles starrte verwirrt in Properskis Milchgesicht, dann brachte Vornefett das, was jeder dachte, auf den Punkt: »Ey, Alter, keiner von uns hier hat 'nen Führerschein, und 'ne Kiste kann erst recht niemand besorgen!«

»Doch, ich.« Der Stolz, der sich rotfleckig über Properskis Wangen ausbreitete, war nicht zu übersehen.

»Woher?«

»Na, mein Vater is' von Freitag bis Sonntag auf 'nem Gebrauchtwagenmarkt in Süddeutschland, und ich weiß, wo er die Schlüssel zu seinem Fuhrpark aufbewahrt ...«

»Selbst, wenn du das bringst, wer sollte uns fahren?«

»Ich natürlich.«

»*Du* kannst fahren?«

Properski genoß den Moment, zögerte die Antwort eine kleine Unendlichkeit hinaus.

»Ja klar, Mann. Mein Alter hat's mir schon mit dreizehn beigebracht.«

»Tja, dann ...« Vornefett blickte seltsam unentschlossen in die Runde.

»Fahr'n wir am Freitag nach Hannover«, vollendete Otzes Freundin Omo den Satz.

Und damit war die Reise beschlossen.

Da Properskis persönlicher Lehnsherr seine Abreise zwar für die Mittagsstunden angekündigt hatte, aber der letzte seiner Angestellten das Geschäft erst gegen halb sieben verlassen würde, wurde der Termin zum Aufsitzen für acht Uhr festgelegt.

»Das bringt der nich'. Niemals«, lautete Melzers Einschätzung, als wir uns zur festgesetzten Stunde zum Lesepavillon begaben.

Ich war geneigt, ihm recht zu geben, wollte unserem Benjamin aber eine Chance einräumen. Meine Vorfreude auf das, was uns in Hannover erwarten würde, war einfach zu groß, als daß ich mich bereits im Vorfeld mit dem Scheitern unseres Plans auseinanderzusetzen vermochte.

»Vorsicht«, sagte ich deshalb. »In Properski stecken die Erfahrungen jahrzehntelanger Unterdrückung. Der is' noch zu ganz anderen Sachen fähig.«

Als hätte der derart Charakterisierte mein Hobby-Psychogramm vernommen, tauchte er keine fünf Minuten später tatsächlich mit Vatis Handelsware auf, die er in der Manier eines Profis direkt auf den Rasen lenkte.

»Ungeheuer«, ließ sich Melzer vernehmen.

Es fand sich keiner, der ihm widersprechen wollte.

Da Vornefett zu unser aller Überraschung in der Begleitung Dammschnitts erschienen war, waren wir, Otze und Omo hinzugerechnet, zu siebt, da traf es sich gut, daß unser Chauffeur einen Kombi gewählt hatte, einen *Opel Rekord*, dessen rostdurchsetzte

Lackierung hervorragend zu unserem Äußeren paßte. Selbst Properski trat heute wie ein Bürgerschreck auf, hatte sich die Abwesenheit seines Vaters zunutze gemacht und sich dreißig Gramm Kernseife ins Haar geschmiert.

Jetzt übernahm er wie selbstverständlich die Verteilung der Fahrgäste. Dammschnitt, deren Hahnenkamm am höchsten Punkt gute vierzig Zentimeter vom Kopf abstand, durfte den Beifahrersitz beanspruchen - der einzige Platz im Wagen, der ihr die gekrümmte Haltung ermöglichte, die es brauchte, um zu verhindern, daß von der mühevoll gehärteten Frisur etwas abbrach. Vornefett wurde hinter ihr plaziert, damit er dem Ziel seiner Sehnsucht Zigaretten drehen konnte. Otze und Omo hatten als offizielles Pärchen ebenfalls Anrecht auf die Rückbank, während Melzer und ich zusammen mit zwei Paletten *Hansa Pils*, zwei Flaschen *Doornkaat* und einer verschreckten Tüte Erdnußflips in den Kofferraum einzogen.

Damit oblag uns die Verteilung der Bordverpflegung, die dann auch rege in Anspruch genommen wurde. Noch bevor wir die Stadtgrenze erreicht hatten, zählte das Logbuch bereits den dritten ernährungsbedingten Boxenstop.

»Ich glaub', wir nehmen lieber die Landstraße«, stöhnte Properski, nachdem die halbe Besatzung wieder einmal lautstark nach einem hüfthohen Gebüsch verlangt hatte.

Ein Entschluß, der sich im Nachhinein als mindestens verhängnisvoll herausstellen sollte.

Erst einmal verlief die Reise aber durchweg besinnlich. Soll heißen: Gepflegter Smalltalk bestimmte die Tischgespräche.

»Hab' gehört, daß sich 'ne Abordnung Glatzen aus Hamburg angesagt hat«, brummte Otze, während er sein Bier mit einem halben Dutzend *Ephedrin* veredelte.

»Hoffentlich benehmen die sich anständig«, kam es vom Beifahrersitz.

»Wenn nicht, soll's mir auch Recht sein.« Otze griff in eine mitgeführte Plastiktüte und brachte eine Flasche zum Vorschein, aus deren Öffnung der Zipfel eines Taschentuchs lugte.

»Wassen das?« fragte Vornefett in der ihm eigenen Ignoranz und Unbekümmertheit.

»Na, 'n Molli natürlich, du Klippschüler.«

»Wie bitte?«

»'n Molotow-Cocktail. Ich hab' zehn Stück dabei.«

»Scheiße, macht sofort die Kippen aus. *Sofort* die Kippen aus!!!« brüllte Properski, den das Fahren offenbar mehr in Anspruch nahm als es ursprünglich den Anschein gehabt hatte.

Aber für Hysterie ist kein Platz auf dem Weg an die Front. Das Geschrei verpuffte im allgemeinen Bedürfnis nach Teer, Kondensat und Nikotin. Dafür kam dieses Landgasthaus in Sicht.

»Hey, laßt ma 'nen ordentlichen Grillteller einpicken«, kommandierte unser Feuerwerker.

Wer hätte sich diesem Befehl verweigern wollen?!

Properski steuerte die Kiste auf den Schotterparkplatz. Dann schwärmten wir aus, um uns mit Zigeunerschnitzel, Schaschlik und Kroketten zu stärken.

Die Schenke trug den Namen *Zum Saftigen Hinterschinken*, entsprechend sahen die Gäste aus: Viehtreiber aus der Burgdorfer Einöde, denen der Barhocker unterm Arsch den Sattel ersetzte.

Wir langten ordentlich zu, ließen auch das ebenso trostlose wie schwefelhaltige *Herrenhäuser* nicht aus. Ein Gebräu, das der Gesinnung größeren Schaden zufügt als der Leber. Und nur so ist es wohl zu erklären, daß Otze mit einem Mal ostdeutsches Liedgut anstimmte.

»Bau auf, bau auf, freie deutsche Jugend, bau auf ...«, drang es aus seiner flechtenüberzogenen Kehle, und wir anderen stimmten mit ein, denn die freie deutsche Jugend, das waren ja wir selbst, und was wir aufzubauen hatten, war uns durchaus bewußt: eine Gesellschaft ohne Röhrenjeans und Cowboystiefel, ein Paradies, in dem der Slogan »Licht aus! Spot an!« nichts als Erstaunen hervorrufen würde.

Naturgemäß konnten sich die Eingeborenen mit unserer Forderung nur bedingt identifizieren, und so trat alsbald einer ihrer Fürsprecher an uns heran, der nichts weniger begehrte, als eine deutliche Mäßigung. Mit ein wenig Glück wäre ihm die auch gewährt worden, aber gerade, als er sein Ansinnen vorgebracht hatte, überkam Omo das Bedürfnis, unseren Tisch ein wenig heimeliger zu gestalten, und welche Stelle hätte sich besser zur Entsorgung des Aschenbecherinhalts geeignet als das bis zum Nabel geöffnete Südstaatenhemd des Volksfeindes?!

»Ey, das machst du wieder sauber«, jaulte der Custer-Imitator, während er sich entsetzt durchs Brustgestrüpp fuhr.

Wer weiß, vielleicht hätte Omo ihm den Gefallen getan, aber ihr Galan war schneller, zog es vor, dem Beschwerdeführer durch einen kräftigen Hieb mit dem Bierseidel eine eher knappe Form der Diskussionsführung aufzuzwingen.

»Fump!« machte es, dann sackte der Getroffene in sich zusammen, während sich Bier, Blut und Asche einer spielerischen Vereinigung ergaben.

Es folgte ein Moment der Stille. Dann erfüllte Vornefetts befehlsgewohnte Stimme den Schankraum.

»Abrücken! Aber zügig!«

Abrücken, ein hehrer Plan - gewiß. Aber da waren natürlich die versammelten Schützenkönige und freiwilligen Erntehelfer vor.

Properski und Melzer schafften es unbehelligt zum Ausgang; ich selbst wurde kurz vor der Ziellinie von einem Schweinehirten gestellt, der ein Paar der ihm anvertrauten Eber locker unter den Achseln hätte tragen können.

Während mich das nach Dung stinkende Produkt jahrzehntelangen Grütz- und Bregenwurstverzehrs geifernd und ächzend über die gebohnerten Dielen zerrte, gelang es mir, einen kurzen Blick auf den Rest des Kampfgeschehens zu werfen. Otze schlug sich wacker, hielt, einen Stuhl und das zerschlagene Glas in den Händen, gleich mehrere Angreifer auf Distanz, und auch Dammschnitt, die ihren Kopfbewuchs einhornartig als Rammbock einsetzte, gab keine schlechte Figur ab. Von Omo und Vornefett war nichts zu sehen, wahrscheinlich hatten sie sich unter einen der Tische zurückgezogen. So dachte ich zumindest. Aber gerade, als mir mein Widersacher mit einem leichten Druck seines überdimensionierten Daumens den Kehlkopf aus der Fassung treiben wollte, explodierte ein Springerstiefel an seiner Stirn.

»Hey, das war knapp«, keuchte Vornefett und half mir auf.

Ich trat dem niedergestreckten Viehtreiber zärtlich in die Rippen. Er rührte sich nicht mehr.

»Laß den Penner. Wir müssen hier raus.« Vornefett zog mich energisch am Arm.

»Aber die andern ...«, entgegnete ich.

»Die andern kommen schon klar.«

»Und die Frauen ...«

»Landeier schlagen keine Frauen.«

»Ja, Hauptsache, die erkennen auf die Schnelle auch den Unterschied ...«, mahnte ich, aber da zerrte Vornefett noch einmal an mir, und ich stolperte los.

Wir hasteten nach draußen, wo wir auf Properski und Melzer trafen. Beide hatten sich mit je einer Flasche aus Otzes Plastiktüte bewaffnet. »Scheiße, was wollt ihr denn *damit*?!« schrie ich, ob der Hektik der letzten Minuten zugegebenermaßen etwas aufgeregt.

»Na, äh, den Laden aufmischen«, kam es zögerlich zurück.

Ja, sollten die Chaostage denn schon hier, circa dreißig Kilometer vor Hannover, stattfinden? Scheinbar ja, denn noch während Vornefett und ich nach Worten suchten, die den beiden Ikonoklasten vor uns den Irrsinn ihres Vorhabens verdeutlichen konnten, ertönte plötzlich der enervierende Kanon mehrerer sich nähernder Martinshörner.

»Die Bullen! Auch das noch«, entfuhr es Vornefett. Dann wies er uns an, uns ins Unterholz zu schlagen.

Kaum daß wir unsere Leiber ins Dickicht befördert hatten, bogen die Einsatzkräfte auch schon auf den Parkplatz. Nicht nur, daß sie sich mächtig beeilt hatten, sie boten auch ordentlich Menschenmaterial auf. Ganze vier VW-Bullys rotzten ihre unheilvolle Fracht in die Schenke.

Angestrengt spähten wir durch das Blattwerk der uns verbergenden Haselnußsträucher, warteten darauf, in welchem Zustand man unsere Freunde ins Freie schaffen würde.

Als Erste führten sie Dammschnitt ab.

»Laßt mich los, ihr Schwuchteln! Loslassen, ihr schwanzlosen Söhne einer kreuzweise gefickten Gestapodirne!« brüllte sie, wobei sie um sich trat wie ein entfesselter Thaiboxer.

Drei Mann waren nötig, um sie unter Kontrolle zu halten.

Vornefetts Verliebtheit in allen Ehren – augenblicklich hatte auch ich beschlossen, dieser Jeanne d'Arc des deutschen Tagediebwesens am Altar meines Herzens in Zukunft ein regelmäßiges Blutopfer darzubringen.

Der Bully, in den die schmierigen Schergen ihre Gefangene beförderten, raste mit quietschenden Reifen davon. Dann tat sich lange Zeit nichts, bis irgendwann zwei Krankenwagen vorfuhren. Die Tatsache, daß sie ohne Blaulicht daherkamen, war nur geringfügig dazu angetan, unsere Besorgnis in Grenzen zu halten.

»Was hatten das jetzt zu bedeuten?« flüsterte Vornefett.

»Wahrscheinlich müssen ein paar abgetrennte Bauernschädel eingesammelt werden«, höhnte Melzer. Er klang nicht wirklich belustigt.

Ganz falsch lag er mit seiner Vermutung allerdings nicht. Denn was die beiden Sanitäter da nur einen Augenblick später an uns vorbeitrugen, war unverkennbar der erschlaffte Körper eines Eingeborenen. Dann kamen endlich Otze und Omo, selbstverständlich in Bullenbegleitung. Beide konnten noch laufen. Aber zumindest Otze schien sich eine Verletzung zugezogen zu haben. Um seinen Kanisterkopf spannte sich eine weiße Binde.

Später sollten wir erfahren, daß sie nur eine Platzwunde verbarg. Die allerdings mußte genäht werden. Omo gestattete man, ihren Rosenkavalier ins Krankenhaus zu begleiten. Beide erhielten eine Anzeige wegen Körperverletzung, Widerstand gegen die Staatsgewalt und Beleidigung. Dammschnitt traf es härter. Mit ihrem platinbeschichteten Iro hatte sie dem Landwirt, den sie mit der Bahre abtransportiert hatten, zwei klaffende Löcher in den feisten Wanst gerissen. Eine Unsportlichkeit, die ihr eine satte Jugendstrafe eintrug.

Noch lag diese bedrückende Entwicklung allerdings in unabsehbarer Ferne. Wir, die wir den Häschern der niedersächsischen

Tscheka fürs erste entkommen waren, sahen uns mit anderen Sorgen konfrontiert.

»Jede Wette, daß sie als nächstes die Kiste entdecken«, spekulierte Vornefett.

»Und dann?« fragte Properski.

»Dann heißt es wandern, Alter.«

»Ja, aber ... Mein Vater ... Was soll ich bloß meinem Vater erzählen?«

»Vielleicht, daß du die Karre gegen zweihundert Gramm Schore eintauschen wolltest ...«

»Oh, Gott. Der schickt mich mindestens zum Psychologen ...«

»Hey, erst mal abwarten, ihr Nebelkrähen«, mischte sich Melzer ein. »Vielleicht entgeht unser schmucker Mittelklassewagen ja den trüben Augen des Gesetzes.«

Das war eher unwahrscheinlich. Aber die weitere Entwicklung schien der optimistischen Prognose recht zu geben. Denn als plötzlich ein erster Schwung Kalkmützen zurück ins Freie strömte, begannen sie nicht etwa, den Parkplatz abzusuchen oder den gebündelten Strahl ihrer Taschenlampen auf unser Versteck zu richten. Nein, ganz so, als ob sie gerade nichts weiter als einen kleinen Imbiß eingenommen hätten, bestiegen sie zwei der drei verbliebenen VW-Busse und fuhren langsam vom Gelände, wobei jedes der Fahrzeuge eine andere Richtung wählte.

Noch einmal galt es, bange Minuten zu überstehen. Aber auch die Nachhut, die in Begleitung des Wirts ins Freie trat, schien kein Interesse an kriminalistischer Feinarbeit zu haben. Nachdem der Kneipier ein paar Flaschen Selbstgebrannten unter den willigen Verteidigern seiner rustikalen Bestuhlung verteilt hatte, machte sich auch der Rest der Ordnungsmacht davon. Eine Nachlässigkeit, die insbesondere unseren Steuermann in haltloses Entzücken versetzte.

»Sie sind weg. Sie sind weg«, jubilierte er, während er närrisch mit dem Autoschlüssel klimperte.

Vornefett mußte ihn bremsen.

»Maul halten! Sonst steht gleich die halbe Kneipe vor der Tür.«

Aber die Lage blieb ruhig, und so konnten wir schließlich aus den Büschen kriechen und im Laufschritt den *Rekord* entern. Properski ließ die Zündung kommen, trat das Gaspedal durch und schleuderte die Kiste durch den Schotter wie der junge Walter Röhrl.

Da die Bullen den Großteil ihrer Flotte Richtung Hannover geschickt hatten, beschlossen wir, ein Stück zurückzufahren und bei der nächsten sich bietenden Gelegenheit auf die Autobahn zu wechseln.

Noch während wir auf der Landstraße dahinschossen, verlangte unser Kutscher nach Stärkungsmitteln: »Meine Knie zittern wie der geschwollene Penis eines Weihbischofs beim Anblick seiner neuen Haushälterin. Is' noch was von dem *Doornkaat* da?«

»Hey, wolltest du nicht nüchtern ...?« warf ich ein, aber da hatte Vornefett die Flasche schon ins Cockpit gereicht.

Flugs war das Wenige, was sie noch enthalten hatte, in Properskis Innereien verschwunden.

»Mehr!« gurgelte unser Wagenlenker.

Melzer überantwortete ihm eine Dose *Hansa*. Auch ich bekam eine in die Hand gedrückt.

»Habt ihr geseh'n, wie mein Mädchen es den Bullen gegeben hat?! Eine echte Heldin. Wenn wir wieder zu Hause sind, frittier' ich das Frettchen und lad sie zum Essen ein«, schwärmte Vornefett auf der Rückbank.

Sein Mädchen? Ob er sich da mal nicht täuschte! Falls nötig, war ich bereit, *meiner* zukünftigen Geliebten die geschächteten Leiber eines kompletten Zoos zu Füßen zu legen. Aus Gründen der Truppenmoral durfte ich derlei Gedankengut natürlich nicht äußern. Also begnügte ich mich mit einer Kritik an Vornefetts Rückzugsbefehl.

»Wir hätten den dreien trotzdem helfen sollen ...«

Properski pflichtete mir bei.

»Jau, wir hätten die Klitsche mindestens in Brand setzen müssen!«

Hatte ich mich da gerade verhört, oder klang seine Rede tatsächlich schon etwas bleiern? Na, selbst wenn, sein Fahrstil war nach wie vor einwandfrei. Der *Rekord* durchpflügte die Kurven mit konstanten hundertzehn.

Leider hatte niemand an Tapes gedacht, aber ich erwischte eine dieser Ratgebersendungen im Radio. Und so erfuhren wir, während wir endlich auf die Autobahn vordrangen, wie man Frostbeulen auch ohne ärztliche Hilfe in den Griff bekam. Informationen, die irgendwann hilfreich sein mochten, spätestens bei einem Flugzeugabsturz über den Weiten der Arktis.

Im Moment waren Frostbeulen allerdings weniger zu befürchten, dafür hatten die Reste unserer Besatzung schon zu viele durchblutungsfördernde Getränke konsumiert. Die allerdings gingen langsam zur Neige. Ein weiterer Zwischenhalt schien unumgänglich.

»Hey, steuer mal die nächste Raststätte an. Wir haben keine zehn Dosen mehr«, forderte Melzer.

Properski tat, wie ihm geheißen.

Wir plünderten unsere Börsen und brachten genug zusammen, um unseren Vorrat zu verdoppeln. Sogar eine Flasche *Campari* ließ das Budget noch zu.

»Auf unsere gefallenen Kameraden, und auf die Leberzirrhose meines Vaters natürlich!« Frohgemut ließ sich Properski die rote Brühe durch die Kehle rinnen.

Diesmal war es an Melzer, den Mahner zu geben.

»Meinst du nich', es wär' besser, ein wenig kürzer zu treten? Zumindest, bis wir die Natterngrube an der Leine erreicht haben.«

»Ach was. Zur Not halt ich mir 'n Auge zu.« Die Zunge unseres vom eigenen Familienvorstand ausgebildeten Chauffeurs war hörbar schwerer geworden.

Hatte ich mir deshalb Sorgen zu machen? Eigentlich nicht. »Live fast, die young« lautete doch die allseits gebräuchliche Losung ... Je länger ich darüber nachdachte, desto mehr kam ich allerdings zu der Überzeugung, daß mein schnelles Leben ruhig noch ein bißchen dauern konnte. Und so ließen sich auch die Sorgen nicht länger aufhalten. Blutverschmierte Windschutzscheiben und über den Asphalt verteilte Gliedmaßen tummelten sich plötzlich auf meiner inneren Leinwand, da konnte selbst ein kräftiger Schluck aus der Weißblechhülse nicht helfen.

Ob meine düsteren Gedanken das folgende Unheil womöglich erst heraufbeschworen, mögen die Esoteriker unter meinen Lesern entscheiden. Durchaus denkbar, daß es »die Kraft des Unbewußten« war, die uns erneut die Bullen auf den Hals hetzte.

Gerade als wir losgefahren waren, tauchten sie jedenfalls neben uns auf, ließen die Scheibe herunter und wiesen Properski durch Handzeichen an, dasselbe zu tun.

»Fällt Ihnen nichts auf?« fragte der Schnauzbart auf dem Beifahrersitz in durchaus freundlichem Ton.

Leider sah sich der Angesprochene, durch die verkosteten Getränke scheinbar von Hitzewallungen oder anderen körperlichen Störungen befallen, außerstande, der vorgebrachten Rede mit der gebotenen Höflichkeit zu begegnen.

»Nun, Sie haben da einen recht unappetitlichen Mitesser am Kinn, Herr Wachtmeister«, tönte er.

»Und Sie haben kein Licht an, weshalb ich Sie bitten möchte, mir Ihren Führerschein und die Fahrzeugpapiere auszuhändigen«, entgegnete der Bulle und hatte schon die Tür geöffnet.

Tja, jetzt hieß es Kopf ab zum Gebet. Vorsorglich erhöhte ich die Trinkgeschwindigkeit. Nicht unwahrscheinlich, daß man uns die Segnungen des Brauereiwesens in Kürze entziehen würde. Der Bube auf dem Kutschbock ließ sich von derlei Aussichten nur bedingt beeindrucken.

»Ich bitte vielmals um Entschuldigung, aber die Papiere hab' ich im Büro liegen lassen«, log er munter vor sich hin.

»Aha«, kam es unangenehm befriedigt zurück. »Und wie steht's mit Alkohol? Haben Sie vor Antritt der Fahrt alkoholhaltige Getränke zu sich genommen?«

»Aber wo denken Sie hin, Herr Wachtmeister. Ich bin Abstinenzler. Das traurige Vorbild meines Vaters hat mich seit jeher vor dieser Geißel unseres einstmals stählernen Volkskörpers zurückschrecken lassen.«

Nun hatte Properski *vor* Beginn unserer Reise ja tatsächlich nichts getrunken. Aber abgesehen von der Tatsache, daß er das auch etwas weniger geschwollen hätte formulieren können, war seine Aussage insofern schädlich, als daß sie zu viele sprachliche Schwierigkeiten enthielt. Der schöne Ausdruck »Abstinenzler« beispielsweise hatte den schlaffen Lippenschlitz deutlich hörbar ohne »t« verlassen. Das war auch dem Schnauzbart nicht verborgen geblieben, und so wies er unser Nesthäkchen an, auszusteigen, um seine Behauptung durch einen entsprechenden Test überprüfen zu lassen.

Mittlerweile hatte sich auch der zweite Bulle aus dem Sitz bequemt, schlich nun um den *Rekord* herum und spähte mißtrauisch ins Innere.

Sein Kollege plagte sich derweil mit Properski herum, der ihm beim Pusten offenbar zu wenig Einsatz an den Tag legte. Die anfängliche Freundlichkeit war einem strammen Kasernenhofton gewichen.

»Fester!« kommandierte er. »Wir sind hier doch nicht beim Eierausblasen.«

Aber mit dieser Strategie war er bei unserem Fahrer an den Falschen geraten. Kurzerhand spuckte Properski das Röhrchen aufs Pflaster, um seinen Kontrahenten mit einer erstaunlich sanft vorgetragenen Frage zu verblüffen.

»Bist du eigentlich gelenkig, Bulle?«

»Was ...? Wieso ...? *Wie bitte?!*«

»Weil du dir, wenn du's wärst, deinen Jaucheschädel mal eben in den *Arsch* stecken könntest.«

Ich verschluckte mich böse, als ich das vernahm und wurde von einem würgenden Hustenreiz geschüttelt.

Der Schnauzbärtige reagierte souveräner. Ruckzuck hatte er Properski am Handgelenk gepackt und ihm den rechten Arm auf den Rücken gedreht. Der linke folgte nur eine Sekunde später, dann lag unser Chauffeur, ein arthritisches Bullenknie im Kreuz, wehr- und bewegungsunfähig am Boden.

»Ihr bleibt sitzen!« brüllte der zweite Teil des grün-weißen Duos und ließ seine haarige Pranke auf die Pistolentasche wandern.

Dieser Geste hätte es gar nicht bedurft. Melzer, Vornefett und ich waren ohnehin zu perplex, um uns zu rühren. Unser Junior, der wohlanständige, im Normalfall eher stille, ja fast schüchterne Stubenhocker im Clinch mit der Staatsmacht. Unfaßbar. Was so ein kleiner Promilleschub doch alles bewirken konnte ...

»Jetzt ficken sie uns gleich richtig«, ließ sich Melzer vernehmen, als unser Bewacher etwas in sein Funkgerät sprach.

Vornefett schlug sich gegen die Stirn.

»Verdammt, die Flaschen ... die Mollis! Laß die Mollis verschwinden, Alter.«

»Ja, soll ich die aussaufen, oder was?!«

»Leg die Tüte einfach unters Auto.«

Melzer öffnete vorsichtig die Tür, schaffte es auch, die heiße Fracht unbemerkt unter die Bodenbleche zu schieben. Aber da er es dabei an der gebotenen Sorgfalt fehlen ließ, das Stück Asphalt, auf dem wir standen, wohl auch etwas uneben war, machte sich einer der Brandsätze selbständig und kollerte dem Bullen an der Funke direkt vor die Füße. Überrascht sah er nach unten, dann hob er die Flasche auf und hielt sie sich mit einigem Abstand unter die Nase.

»Terroristen. Hab' ich's doch gewußt«, grunzte er fast wollüstig. Diesmal ließ er es sich nicht nehmen, den *Inhalt* seiner Pistolentasche ins Spiel zu bringen.

Im Radio sprachen sie gerade davon, wie wichtig es wäre, auf eine jodhaltige Ernährung zu achten.

Die Verstärkung brauchte keine zwei Minuten. Die Polizeistation befand sich direkt auf der Raststätte.

»Na, die Herren wollten wohl zu diesem Punkertreffen?« erkundigte sich einer der Neuankömmlinge, als sie uns abführten.

»Punkertreffen? Wo denken Sie hin, Herr Stabsfeldwebel?! Meine Verbindungsbrüder und ich wollten zu einem Orff-Konzert nach Hildesheim«, konterte Properski.

Ein Tritt in die Kniekehlen machte seiner Redseligkeit ein Ende.

»Mußtest du das Maul so weit aufreißen?« fauchte Vornefett in seine Richtung, nachdem man uns in eine etwas beengte Zelle verbracht hatte.

Unser Jüngster ließ sich davon nicht einschüchtern.

»Deine Flamme hat's den Bullen doch auch gegeben«, nölte er und schob angriffslustig das Kinn nach vorn.

Noch hatte er scheinbar Oberwasser, noch lief sein Motor auf Ethanolbasis. Das würde sich bald ändern. Spätestens, wenn sie seinen Vater verständigt hatten.

»Hey, laß Dammschnitt aus dem Spiel. Das war etwas ganz anderes, okay?!« Vornefett ballte seine schlanken Finger zu Fäusten.

Melzer unterbrach die Zwistigkeiten.

»Ich muß pissen«, stöhnte er.

Nun verfügte unser Zwinger, abgesehen von zwei dunkelbraunen Holzbänken zum Herunterklappen, über keinerlei Einrichtungsgegenstände. Es gab also nichts, was Melzer die Gelegenheit gegeben hätte, seine Notdurft im Geiste unserer abendländischen Herkunft zu verrichten. Dafür war seitlich der Tür eine altersschwache Taste angebracht.

»Hier is' 'ne Klingel«, sagte ich.

»Drück mal drauf«, forderte der Blasenschwache.

Ich drückte, wartete eine Weile, dann betätigte ich die Taste erneut. Nichts tat sich.

»Laß mich mal.« Melzer schob mich zur Seite, gab nun seinerseits Daumendruck.

Das Ergebnis war dasselbe.

»Verdammt«, keuchte er. Dann begann er, gegen die Metallverkleidung der Tür zu trommeln. »Hey, hört ihr mich da draußen?! Ich muß pissen. *Pis-sen*! Ich muß, scheiße noch mal, schiffen, Druck ablassen, den Gang nach Urinoste antreten. Hört ihr mich, ihr Leichtmatrosen?!«

Sie hörten ihn nicht. Oder zumindest taten sie so. Und so blieb meinem getreuen Banknachbarn am Ende gar nichts anderes übrig, als jeden Anstand über die Planke zu schicken.

»Macht mal Platz!« wies er uns an, öffnete seine speckige Jeans und jagte das, was ihn gerade noch gequält hatte, mit Hochdruck gegen die Wand.

Ich fühlte mich an die Straßenbahnfahrt nach Hondelage erinnert. Properski, den König Alkohol nach wie vor zu seinen getreuen Untertanen zählen durfte, hatte andere Assoziationen.

»Hey, seht euch diese Teilchen an«, kommentierte er die kleinen Putzbrocken, die Melzers Säureangriff auf das poröse Mauerwerk zwischen unsere Füße spülte. »Die seh'n aus wie Muttis Schuppen ...«

Anstatt die Gelegenheit zu nutzen, dem trunkenen Tor erneut über den Mund zu fahren, griff Vornefett den Unsinn zu meiner Überraschung auf.

»Muttis Schuppen ...? Muttis Schuppen ...?«, sinnierte er, während seine Lippen von einem Lächeln umspielt wurden. »Muttis Schuppen, das wär' doch 'n akkurater Name für 'ne Band, oder?!«

Jan Off

Unzucht

Das hemmungslose Ausleben sexueller Phantasien sollte Glücks- und Hochgefühle nach sich ziehen, muss es aber nicht.

Die einen würden hier wohl von Amour fou sprechen, andere etwas schlichter von Obsession, Jan Off bleibt beim gewohnten Klartext und titelt dementsprechend: »Unzucht«. Aber statt dem üblichen Genitalgeplänkel-trifft-auf-Ablach-Comedy erzählt Off hier ungekünstelt, direkt und substanziell von einer Beziehung, in der die Triebhaftigkeit den Ton vorgibt: Ein in Kultur machender Dropout trifft auf eine junge Frau, die ihre Fit-for-fun-Fassade nur mühsam aufrechterhalten kann. Was sich zwischen den beiden entspinnt, dekliniert alle Freuden und Leiden der körperlichen Liebe durch. Die gemeinsame Lust am sexuellen Kick, hier immer bis an die Grenzen des Bizarren und Abseitigen steigerungsfähig, schweißt die beiden zutiefst ungleichen Charaktere zusammen, ein Entkommen scheint keinem möglich ...

174 Seiten
ISBN 9783931555634

Jan Off

Ausschuss. Roman

Ein beinamputierter Drogenhändler mit Tendenz zum Vorruhestand, ein schmalbrüstiger Jungspund mit einer Vorliebe für zu grobe Frauen, eine Amazone mit Kopfnussqualitäten – alle drei vom Pech reichlich bedient, auf dem Weg Richtung Verfallsdatum.

In der namenlosen Großstadt, in der »Ausschuss« spielt, zeigt sich die Welt von ihrer unangenehmsten Seite. Schlägereien in Diskos und hinter Müllcontainern, Betrug und Gegenbetrug, Drogendeals und Sex. Einmal mehr lässt Trashikone Off gut abgehangene Verlierer zum bizarren Überlebenstraining antreten.

238 Seiten
ISBN 9783931555665

Jan Off

Angsterhaltende Maßnahmen. Homestories

Mit aufstrebenden Karrieristen, emsigen Kleinfamilien und Optimismus verbreitenden »Du bist Deutschland«-Figuren haben die Geschichten von Jan Off nichts zu tun. Sie führen uns an den Rand der Gesellschaft, an jene Orte, an denen nur die wenigsten freiwillig gestrandet sind. Seine Figuren scheren sich nicht um den allgemeinen Verhaltenskodex, sie haben vielmehr gelernt, ihren eigenen zu leben. Doch genau diese Weigerung, sich anzupassen, führt sie in manchmal absurde, manchmal gefährliche, immer aber höchst amüsante Situationen.

156 Seiten
ISBN 9783931555849

200 Seiten
ISBN 9783931555559

Jan Off

Offenbarungseid. Rare Altlasten aus dem Off

Das weit verstreute und zum Großteil längst vergriffene Frühwerk des Meisters.

Archäologische Kostbarkeiten aus der frühen Hochzeit des Social Beat, Underground-Literatur aus einer fernen Epoche, als Autoren ihre Texte noch mit bellender Stimme vor rauchendem Publikum vortrugen. Übrig geblieben sind von diesen selbsternannten Genies nur wenige, in der Radikalität sich treu geblieben wohl nur einer – Jan Off.

Nach dem langen Marsch durch die Lesebordelle der Republik und kurz vor der Veräußerung der letzten Unikate an das Marbacher Literaturarchiv: das Extended Frühwerk in handlicher Ausgabe für das kleine Geld! Dazu natürlich die obligaten Bonusgaben.

288 Seiten
ISBN 9783931555627

Wenzel Storch

Der Bulldozer Gottes

Willkommen in der wunderbaren Welt von Wenzel Storch, dem Regisseur und Produzent der »seltsamsten« (Der Spiegel), »tollkühnsten« (Rolling Stone), »wagemutigsten« (Szene Hamburg), »exzentrischsten« (Geo) und »extremsten« (Sarah Kuttner) Filme Nachkriegsdeutschlands.

Das hier versammelte literarische Werk des psychedelischen Visionärs enthält nicht nur über eine Viertelmillion Buchstaben, sondern auch unzählige Abbildungen aus seinem legendären Schmuddelbildchen-Archiv – eine höchst amüsante Symbiose aus christlichem Kinderzimmer und halluzinogenen Drogen.

110 Seiten
ISBN 9783931555733

Lee Hollis

Strategy for Victory. Short Stories

The Master of Spoken Punk Rock strikes back!
Endlich Nachschub für die Hollis-Gemeinde.

Ob großmäulige Wrestler aus der Nachbarschaft, das selbstmörderische Treiben der Stöckchenschnitzer in Alabama, die Gefahren eines Nachtbarjobs oder die absolut irrwitzigen sexuellen Vorlieben einer fragwürdigen G.I.-Bekanntschaft – der Spermbirds- und Steakknife-Frontmann Lee Hollis steigt wieder in den Ring und erzählt pointiert Geschichten aus seinem Leben ... oder solche, die aus seinem Leben stammen könnten.

Mit einem Vorwort von Muff-Potter-Sänger Nagel.

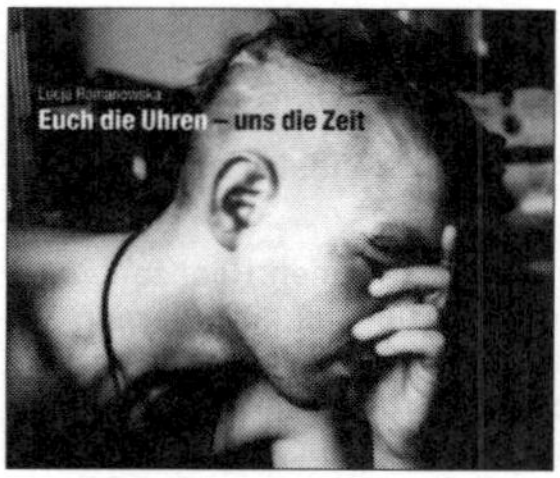

112 Seiten, Bildband mit
Farb- und Schwarzweiß-Fotografien
ISBN 9783931555580

Lucja Romanowska

Euch die Uhren – uns die Zeit.
Straßenpunks 1999–2009

Sich so gut es geht der kapitalistischen Verwertungslogik entziehen; lieber im Bauwagen leben, als die Lebensfreude einem Bauspar - vertrag zu opfern. Lieber an Bier und Zigaretten zugrunde gehen, als Botox-erstarrt und fitnessgestählt den lachhaften Versuch zu unternehmen, der Müllhalde Senioren-Stift zu entkommen. Eine chronische Schuppenflechte auf der sterilen Haut der Wohn- und Einkaufswaben. Seit 25 Jahren totgesagt, aber noch immer quicklebendig. Punk eben. Rebellion und Attitüde - laut und räudig, lustbetont und gewaltbereit. Ausnahmsweise einmal nicht dokumentiert aus der Perspektive des Zoobesuchers, sondern aus der des Rudels selbst.

Mit einem Vorwort von Jan Off

386 Seiten
ISBN 9783931555887

Frank Apunkt Schneider

Als die Welt noch unterging. Von Punk zu NDW

Eine Chronik zur Entstehung und Entwicklung von Punk und New Wave im deutschsprachigen Raum bis 1985.

Als die Welt noch unterging ... war vieles möglich. Die Endzeitstimmung um 1980 gab Punk und New Wave erst den nötigen Schub. Sie sorgte für einen unglaublichen Ausbruch von Aktivität und Kreativität. Vorm Hintergrund des atomaren Wettrüstens glaubte niemand mehr an eine große Zukunft – deshalb war plötzlich alles erlaubt, ohne Rücksicht auf Verluste. Davon erzählt dieses Buch.

Frank Apunkt Schneider entfaltet die Geschichte der Neuen Deutschen Welle und des deutschen Punk-Underground bis hinein in Regional-, Kassetten- und Fanzine-Szenen. Neben den mittlerweile kanonisierten Klassikern dieser Bewegung rückt er sowohl Chartbreaker als auch Underground-Acts in den Fokus.

»Als die Welt noch unterging« ist das mit Abstand umfangreichste Buch zur Neuen Deutschen Welle, mit kommentierter Diskografie und einer Kassettografie im Anhang.

ventil

www.ventil-verlag.de

Euch die Uhren – uns die Zeit
Straßenpunks 1995–2000